〔宋〕朱子撰

詩經經典

（五）

北方聯合出版傳媒（集團）股份有限公司
萬卷出版有限責任公司

臣紀昀覆勘

欽定四庫全書

詩經集傳卷五

宋 朱子 撰

彤弓之什二之三

彤弓弨音超兮受言藏之我有嘉賓中心貺之叶虛王反鐘鼓既設一朝饗之叶虛良反賦也彤弓朱弓也弨弛貌貺與也大飲賓曰饗　此天子燕有功諸侯而錫以弓矢之樂歌也東萊呂氏曰受言藏之言其重也弓人所獻藏之王府以待有功不敢輕與人也中心貺之言其誠也中心實欲貺之非由外也一朝饗之言其速也以王府寶藏之弓一朝舉以畀人未嘗有遲

留顧惜之意也後世視府藏為已私分至有以武庫兵賜弄臣者則與受言藏之者異矣賞賜非出於利誘則迫於事勢至有朝賜鐵券而暮屠戮者則與中心貺之者異矣屯膏吝賞功臣解體至有印刓而不忍予者則與一朝饗之者異矣

彤弓弨兮受言載叶子利反之我有嘉賓中心喜叶去聲之鐘鼓既設一朝右音又叶于記反之賦也載抗之也喜樂也右勸也尊也

彤弓弨兮受言櫜音高叶古號反之我有嘉賓中心好去聲之鐘鼓既設一朝醻音酬叶大到反之賦也櫜韜好說醻報也飲酒之禮主人獻賓賓酢主人主人又酌自飲而遂酌以飲賓謂之醻醻猶厚也勸也

彤弓三章章六句春秋傳甯武子曰諸侯敵王所愾而獻其功於是乎賜之彤弓

一彤矢百旅弓矢千以覺報宴注曰愾恨怒也覺明也謂諸侯有四夷之功王賜之弓矢又爲歌彤弓以明報功宴樂鄭氏曰凡諸侯賜弓矢然後專征伐東萊呂氏曰所謂專征者如四夷入邊臣子篡弑不容待報者其他則九伐之法乃大司馬所職非諸侯所專也與後世强臣拜表輒行者異矣

菁菁音精者莪在彼中阿既見君子樂音洛且有儀叶五何反

興也菁菁盛貌莪蘿蒿也中阿阿中也大陵曰阿君子指賔客也　此亦燕飲賔客之詩言菁菁者莪則在彼中阿矣既見君子則我心喜樂而有禮儀矣或曰以菁菁者莪比君子容貌威儀之盛也下章放此

菁菁者莪在彼中沚音止既見君子我心則喜

興也中沚沚中也喜樂也

菁菁者莪在彼中陵既見君子錫我百朋

興也中陵陵中也古

者貨貝五貝為朋錫我百朋者見之而喜如得重貨之多也　汎汎芳劒反楊舟載沉載浮既見君子我心則休比也楊舟楊木為舟也載則也載沉載浮猶言載清載濁載馳載驅之類以比未見君子而心不定也休者休休然言安定也

菁菁者莪四章章四句

六月棲棲音西戎車既飭音敕四牡騤騤音逵載是常服叶蒲北反玁狁孔熾我是用急叶音棘王于出征以匡王國叶于逼反賦也六月建未之月也棲棲猶遑遑不安之貌戎車兵車也飭整也騤騤强貌常服戎事之常服以韎韋為弁又以為衣　而素裳白舄也玁狁即獫狁北狄也孔甚熾盛匡正也　成康既没周室寖衰八世而厲王胡暴虐周

人逐之出居于彘玁狁内侵逼近京邑王崩子宣王靖即位命尹吉甫帥師伐之有功而歸詩人作歌以序其事如此司馬法冬夏不興師今乃六月而出師者以玁狁甚熾其事危急故不得已而王命於是出征以正王國也

比去聲物四驪閑之維則維此六月既成我服叶蒲北反我服既成于三十里王于出征以佐天子叶獎里反

賦也比物齊其力也凡大事祭祀朝覲會同毛馬而頒之凡軍事物馬而頒之毛馬齊其色物馬齊其力吉事尚文武事尚强也則法也服戎服也三十里一舍也古者吉行日五十里師行日三十里　既比其物而曰四驪則其色又齊可以見馬之有餘矣閑習之而皆中法則又可以見教之有素矣於是此月之中即成我服既成我服即日引道不徐不疾盡舍而止又見其應變之速從事之敏而不失其常度也王命於此而出征欲其有以敵王所

憪而佐天子耳　四牡脩廣其大有顒玉容反薄伐玁狁以奏膚公有嚴有翼共音恭武之服叶蒲北反共武之服以定王國叶于逼反　賦也脩長廣大也顒大貌奏薦膚大公功嚴威翼敬也共與供同服事也言將帥皆嚴敬以共武事也　玁狁匪茹音孺整居焦穫音護侵鎬音浩及方至于涇陽織音志文鳥章白旆央央於良反元戎十乘去聲以先啓行叶户郎反　賦也茹度整齊也焦穫鎬方皆地名焦未詳所在穫郭璞以為瓠中則今在耀州三原縣也鎬劉向以為千里之鎬則非鎬京之鎬矣亦未詳其所在也方疑即朔方也涇陽涇水之北在豐鎬之西北言其深入為寇也織幟字同鳥章鳥隼之章也白旆繼旐者也央央鮮明貌元大也戎戎車也軍之前鋒也啓開行道也猶言發

程也言玁狁不自度量深入為寇如此是以建此旐旗選鋒銳進聲其罪而致討焉直而壯律而臧有所不戰戰必勝矣

戎車既安叶於連反如輕音致如軒四牡既佶音吉佶且閑叶胡田反薄伐玁狁至于大音泰原文武吉甫萬邦為憲叶許言反賦也輕車之覆而前也軒車之却而後也凡車從後視之如輕從前視之如軒然後適調也佶壯健貌大原地名亦曰大鹵今在大原府陽曲縣至于大原言逐出之而已不窮追也先王治戎狄之法如此吉甫尹吉甫此時大將也憲法也非文無以附衆非武無以威敵能文能武則萬邦以之為法矣

吉甫燕喜既多受祉來歸自鎬我行永久叶舉里反飲去聲御諸友叶羽已反炰音庖鼈膾鯉侯誰在矣張仲孝友叶同上賦也祉福御進

侯維也張仲吉甫之友也善父母曰孝善兄弟曰友此言吉甫燕飲喜樂多受福祉蓋以其歸自鎬而行永久也是以飲酒進饌於朋友而孝友之張仲在焉言其所與宴者之賢所以賢吉甫而善是燕也

六月六章章八句

薄言采芑音起于彼新田于此菑音緇畝叶每彼反方叔涖音利止其車三千師干之試叶詩止反方叔率止乘其四騏四騏翼翼路車有奭音肸簟茀音弗魚服叶蒲北反鉤膺鞗音條革叶訖力反

興也芑苦菜也青白色摘其葉有白汁出肥可生食亦可蒸為茹即今苦藚菜宜馬食軍行采之人馬皆可食也田一歲曰菑二歲曰新田三歲曰畬方叔宣王卿士受命為將者也涖臨也其車三千法當用三十萬衆蓋兵

車一乘甲士三人步卒七十二人又二十五人將重車在後凡百人也然此亦極其盛而言未必實有此數也師衆干扞也試肄習也言衆且練也率總率之也翼翼順序貌路車戎路也奭赤貌簟第以方文竹簟爲車蔽也鉤膺馬婁頷有鉤而在膺有樊有纓也樊馬大帶纓鞅也鞗革見蓼蕭篇　宣王之時蠻荊背叛王命方叔南征軍行采芑而食故賦其事以起興曰薄言采芑則于彼新田于此菑畝矣方叔涖止則其車三千師干之試矣又遂言其車馬之美以見軍容之盛也

薄言采芑于彼新田于此中鄉方叔涖止其車三千旂旐央央方叔率止約軧音祇錯衡叶户郎反八鸞瑲瑲音倉服其命服朱芾音弗斯皇有瑲葱珩

音衡叶户郎反　興也中鄉民居其田尤治約束軧轂也以皮纏束兵車之轂而朱之也錯文也鈴在鑣曰鸞

馬口兩旁各一四馬故八也瑲瑲聲也命服天子所命之服也朱芾黄朱之芾也皇猶煌煌也瑲玉聲葱蒼色如葱者也珩佩首横玉也禮三命赤芾葱珩

鴥音聿彼飛隼息允反其飛戾天亦集爰止方叔涖止其車三千師干之試方叔率止鉦音征人伐鼓陳師鞠音菊旅顯允方叔伐鼓淵淵叶於巾反振旅闐闐音田叶徒鄰反

興也隼鷂屬急疾之鳥也戾至爰於也鉦鐃也鐲也伐擊也鉦以靜之鼓以動之鉦鼓各有人而言鉦人伐鼓互文也鞠告也二千五百人為師五百人為旅此言將戰陳其師旅而誓告之也陳師鞠旅亦互文耳淵淵鼓聲和平不暴怒也謂戰時進士衆也振止旅衆也言戰罷而止其衆以入也春秋傳曰出曰治兵入曰振旅是也闐闐亦鼓聲也或曰盛貌程子曰振旅亦以鼓行金止　言隼飛戾天而亦集

於所止以興師衆之盛而進退有節如下文所云也

蠢爾蠻荊大邦為讎方叔元老克壯其猶方叔率止執訊音信獲醜叶尺由反戎車嘽嘽音灘嘽嘽焞焞音推如霆如雷顯允方叔征伐玁狁蠻荊來威叶音隈

賦也蠢者動而無知之貌蠻荊荊州之蠻也大邦猶言中國也元大猶謀也言方叔雖老而謀則壯也嘽嘽衆也焞焞盛也霆疾雷也方叔蓋嘗與於北伐之功者是以蠻荊聞其名而皆來畏服

采芑四章章十二句

我車既攻我馬既同四牡龐龐音龍駕言徂東

賦也攻堅同齊也傳曰宗廟齊豪尚純也戎事齊力尚強也田獵齊足尚疾也龐龐充實也東東都洛邑也　周公相成王營洛邑

為東都以朝諸侯周室既衰久廢其禮至於宣王內修政事外攘夷狄復文武之竟土修車馬備器械復會諸侯於東都因田獵而選車徒焉故詩人作此以美之首章汎言將往東都也

田車既好叶許厚反四牡孔阜東有甫草叶此苟反駕言行狩叶始苟反賦也田車田獵之車好善也阜盛大也甫草甫田也後為鄭地今開封府中牟縣西圃田澤是也宣王之時未有鄭國圃田屬東都畿內故往田也此章指言將往狩于圃田也

之子于苗叶音毛選徒囂囂音翺建旐設旄搏音博獸于敖賦也之子有司也苗狩獵之通名也選數也囂囂聲衆盛也數車徒者其聲囂囂則車徒之衆可知且車徒不譁而惟數者有聲又見其靜治也敖近滎陽地名也此章言至東都而選徒以獵也

駕彼四牡四牡奕奕赤芾金舄會同

有繹賦也奕奕連絡布散之貌赤芾諸侯之服金舄赤舄而加金飾亦諸侯之服也時見曰會殷見曰同繹陳列聯屬之貌也　此章言諸侯來會朝於東都也

決拾既佽音次與柴叶弓矢既調讀如字與同叶射夫既同助我舉柴音恣　賦也決以象骨為之著於右手大指所以鉤弦開體拾以皮為之著於左臂以遂弦故亦名遂佽比也調謂弓強弱與矢輕重相得也射夫蓋諸侯來會者同協也柴說文作𢱧謂積禽也使諸侯之人助而舉之言獲多也　此章言既會同而田獵也

四黃既駕兩驂不猗音意叶於箇反不失其馳叶徒臥反舍音捨矢如破叶普過反　賦也猗偏倚不正也馳馳驅之法也舍矢如破巧而力也蘇氏曰不善射御者詭遇則獲不然不能也今御者不失其馳驅之法而射者舍矢如破則可謂善御射矣　此章言田獵而見其射御之善也

蕭蕭馬鳴悠悠旆旌徒御不驚大庖不盈賦也蕭蕭悠悠皆閑暇之貌徒步卒也御車御也驚如漢書夜軍中驚之驚不驚言比卒事不喧譁也大庖君庖也不盈言取之有度不極欲也蓋古者田獵獲禽面傷不獻踐毛不獻不成禽不獻擇取三等自左膘而射之達於右腢為上殺以為乾豆奉宗廟達右耳本者次之以為賓客射左髀達於右䯚為下殺以充君庖每禽取三十焉每等得十其餘以與士大夫習射於澤宮中者取之是以獲雖多而君庖不盈也張子曰饌雖多而無餘者均及於衆而有法耳凡事有法則何患乎不均也舊說不驚驚也不盈盈也亦通　此章言其終事嚴而頒禽均也

之子于征有聞音問無聲允矣君子展也大成賦也允信展誠也聞師之行而不聞其聲言至肅也信矣其君子也誠哉其大成也　此章總叙其事之始終而深美之

車攻八章章四句以五章以下考之恐當作四章章八句

吉日維戊叶莫口反既伯既禱叶丁口反田車既好叶許口反四牡孔阜升彼大阜從其羣醜賦也戊剛日也伯馬祖也謂天駟房星之神也醜衆也謂禽獸之羣衆也此亦宣王之詩言田獵將用馬力故以吉日祭馬祖而禱之既祭而車牢馬健於是可以歷險而從禽也以下章推之是日也其戊辰與

吉日庚午既差我馬叶滿浦反獸之所同麀音憂鹿麌麌音語漆沮平聲之從天子之所賦也庚午亦剛日也差擇齊其足也同聚也鹿牝曰麀麌麌衆多也漆沮水名在西都畿內涇渭之北所謂洛水今自延韋流入鄜坊至同州入河也戊辰之日既禱矣越三日庚午遂擇其馬而乘之視獸之所聚麀鹿最多之處而從之惟

漆沮之旁爲盛宜爲天子田獵之所也　瞻彼中原其祁孔有叶羽已反儦儦音標俟俟叶于紀反或羣或友叶羽已反悉率左右叶羽已反以燕天子叶奬里反

賦也中原原中也祁大也趣則儦儦行則俟俟獸三曰羣二曰友燕樂也　言從王者視彼禽獸之多於是率其同事之人各共其事以樂天子也

既張我弓既挾我矢發彼小豝音巴殪音意此大兕以御賓客且以酌醴

賦也發發矢也豕牝曰豝一矢而死曰殪兕野牛也言能中微而制大也御進也醴酒名周官五齊二曰醴齊注曰醴成而汁滓相將如今甜酒也　言射而獲禽以爲俎實進於賓客而酌醴也

吉日四章章六句

東萊呂氏曰車攻吉日所以爲復古者何也蓋蒐狩之禮可以

見王賦之復焉可以見軍實之盛焉可以見師律之嚴焉可以見上下之情焉可以見綜理之周焉欲明文武之功業者此亦足以觀矣

鴻雁于飛肅肅其羽之子于征劬勞于野叶上羽反爰及矜人哀此鰥寡叶果五反○興也大曰鴻小曰雁肅肅羽聲也之子流民自相謂也征行也劬勞病苦也矜憐也老而無妻曰鰥老而無夫曰寡舊說周室中衰萬民離散而宣王能勞來還定安集之故流民喜之而作此詩追敘其始而言曰鴻鴈于飛則肅肅其羽矣之子于征則劬勞于野矣且其劬勞者皆鰥寡可哀憐之人也然今亦未有以見其為宣王之詩後三篇放此

鴻鴈于飛集于中澤叶徒洛反之子于垣音袁百堵皆作雖則劬勞其究安宅叶達各反

興也中澤澤中也一丈為板五板為堵究終也流民自言鴻鴈集于中澤以興已之得其所止而築室以居今雖勞苦而終獲安定也

鴻鴈于飛哀鳴嗷嗷音翺維此哲人謂我劬勞維彼愚人謂我宣驕叶音高比也流民以鴻鴈哀鳴自比而作此歌也哲知宣示也知者聞我歌知其出於劬勞不知者謂我閒暇而宣驕也韓詩云勞者歌其事魏風亦云我歌且謠不知我者謂我士也驕大抵歌多出於勞苦而不知者常以為驕也

鴻鴈三章章六句

夜如何其音基夜未央庭燎之光君子至止鸞聲將將音槍賦也其語辭央中也庭燎大燭也諸侯將朝則司烜以物百枚并而束之設於門內也君子諸侯也將將鸞

鑣聲王將起視朝不安於寢而問夜之早晚曰夜如何哉夜雖未央而庭燎光矣朝者至而聞其鸞聲矣

夜如何其夜未艾叶音乂庭燎晣晣音制與艾叶君子至止鸞聲噦噦音諱○賦也艾盡也晣晣小明也噦噦近而聞其徐行聲有節也

夜如何其夜鄉晨音向庭燎有煇音熏君子至止言觀其旂叶渠斤反○賦也鄉晨近曉也煇火氣也天欲明而見其烟光相雜也既至而觀其旂則辨色矣

庭燎三章章五句

沔音免彼流水朝音潮宗于海叶虎洧反鴥惟必反彼飛隼載飛載止嗟我兄弟邦人諸友叶羽軌反莫肯念亂誰無父母叶滿洧反

興也沔水流滿也諸侯春見天子曰朝夏見曰宗此憂亂之詩言流水猶朝宗于海飛隼猶或有所止而我之兄弟諸友乃無肯念亂者誰獨無父母乎亂則憂或及之是豈可以不念哉

沔彼流水其流湯湯音傷鴥彼飛隼載飛載揚念彼不蹟音迹載起載行叶户郎反心之憂矣不可弭忘興也湯湯波流盛貌不蹟不循道也載起載行言憂念之深不遑寧處也弭止也水盛隼揚以興憂念之不能忘也

鴥彼飛隼率彼中陵民之訛言寧莫之懲我友敬矣讒言其興興也率循訛偽懲止也隼之高飛猶循彼中陵而民之訛言乃無懲止之者然我之友誠能敬以自持矣則讒言何自而興乎始憂於人而卒反諸已也

沔水三章二章章八句一章六句疑當作三章章八句卒章脫前兩句耳

鶴鳴于九皐聲聞音問于野叶上與反魚潛在淵或在于渚樂音洛彼之園爰有樹檀叶徒沿反其下維蘀音託他山之石可以爲錯入聲

比也鶴鳥名長頸竦身高脚頂赤身白頸尾黑其鳴高亮聞八九里皐澤中水溢出所爲坎從外數至九喻深遠也蘀落也錯礪石也　此詩之作不可知其所由然必陳善納誨之辭也蓋鶴鳴于九皐而聲聞于野言誠之不可掩也魚潛在淵而或在于渚言理之無定在也園有樹檀而其下維蘀言愛當知其惡也他山之石而可以爲錯言憎當知其善也由是四者引而伸之觸類而長之天下之理其庶幾乎

鶴鳴于九皐聲聞于天(叶鐵因反)魚在于渚或潛在淵(叶一均反)樂彼之園爰有樹檀其下維穀他山之石可以攻玉(比也)

穀一名楮惡木也攻錯也　程子曰玉之溫潤天下之至美也石之麤厲天下之至惡也然兩玉相磨不可以成器以石磨之然後玉之為器得以成焉猶君子之與小人處也橫逆侵加然後脩省畏避動心忍性增益預防而義理生焉道德成焉吾聞諸邵子云

鶴鳴二章章九句

彤弓之什十篇四十章二百五十九句(疑脫兩句當為二百六十一句)

祈父之什二之四

祈父音甫予王之爪牙叶五胡反胡轉予于恤靡所止居賦也祈父司馬也職掌封圻之兵甲故以為號酒誥曰圻父薄違是也予六軍之士也或曰司右虎賁之屬也爪牙鳥獸所用以為威者也恤憂也軍士怨於久役故呼祈父而告之曰予乃王之爪牙汝何轉我於憂恤之地使我無所止居乎

祈父予王之爪士胡轉予于恤靡所底音抵止賦也爪士爪牙之士也底至也

祈父亶不聰胡轉予于恤有母之尸饔賦也亶誠尸主也饔熟食也言不得奉養而使母反主勞苦之事也　東萊呂氏曰越句踐伐吳有父母耆老而無昆弟者皆遣歸魏公子無忌救趙亦令獨子無兄弟者歸養則古者有親老而無兄弟其當免征役

必有成法故責司馬之不聰其意謂此法人皆聞之汝獨不聞乎乃驅吾從戎使吾親不免薪水之勞也責司馬者不敢斥王也

祈父三章章四句序以為刺宣王之詩説者又以為宣王三十九年戰于千畝王師敗績于姜氏之戎故軍士怨而作此詩東萊呂氏曰太子晉諫靈王之辭曰自我先王厲宣幽平而貪天禍至于今未弭宣王中興之主也至與幽厲並數之其辭雖過觀是詩所刺則子晉之言豈無所自歟但今考之詩文未有以見其必為宣王耳下章放此

皎皎白駒食我場苗縶音執之維之以永今朝所謂伊人於焉逍遙賦也皎皎潔白也駒馬之未壯者謂賢者所乘也場圃也縶絆其足維繫其靷也永久也

伊人指賢者也逍遥遊息也　為此詩者以賢者之去而不可留也故託以其所乘之駒食我場苗而縶維之庶幾以永今朝使其人得以於此逍遥而不去若後人留客而投其轄於井中也

皎皎白駒食我場藿音霍縶之維之以永今夕叶羊龠反所謂伊人於焉嘉客叶克各反

賦也藿猶苗也夕猶朝也嘉客猶逍遥也

皎皎白駒賁音閟音奔然來叶云俱反思爾公爾侯叶洪孤反逸豫無期慎爾優游叶汪胡反勉爾遁思叶新齋反

賦也賁然光采之貌也或以為來之疾也思語辭也爾指乘駒之賢人也慎勿過也勉毋決也遁思猶言去意也　言此乘白駒者若其肯來則以爾為公以爾為侯而逸樂無期矣猶言橫來大者王小者侯也豈可以過於優游決於遁思而終不我顧哉蓋愛之切而不知好爵之不足縻留之苦

而不恤其志之不得遂也

皎皎白駒在彼空谷生芻楚俱反一束其人如玉毋金玉爾音而有遐心賦也賢者必去而不可留矣於是歎其乘白駒入空谷束生芻以秣之而其人之德美如玉也蓋已邈乎其不可親矣然猶冀其相聞而無絶也故語之曰毋貴重爾之音聲而有遠我之心也

白駒四章章六句

黃鳥黃鳥無集于穀無啄音卓我粟此邦之人不我肯穀言旋言歸復我邦族比也穀木名穀善旋回復反也民適異國不得其所故作此詩託為呼其黃鳥而告之曰爾無集于穀而啄我之粟苟此邦之人不以善道相與則我亦不久於此而將歸矣

黄鳥黄鳥無集于桑無啄我粱此邦之人不可與明

黄鳥黄鳥無集于栩音許無啄我黍此邦之人不可與處言旋言歸復我諸父比也

黄鳥三章章七句東萊呂氏曰宣王之末民有失所者意他國之可居也及其至彼則又不若故鄉焉故思而欲歸使民如此亦異於還定安集之時矣今按詩文未見其為宣王之世下篇亦然

我行其野蔽芾音沸其樗音樞昏姻之故言就爾居爾不我

畜復我邦家叶古胡反　賦也樗惡木也壻之父婦之父相謂曰昏姻畜養也　民適異國依其昏姻而不見收恤故作此詩言我行于野中依惡木以自蔽於是思昏姻之故而就爾居而爾不我畜也則將復我之邦家矣

我行其野言采其蓫音逐昏姻之故言就爾宿爾不我畜言歸思復賦也蓫牛蘈惡菜也今人謂之羊蹄菜

我行其野言采其葍音福叶筆力反不思舊姻求爾新特成不以富亦祇音支以異叶逸織反　賦也葍惡菜也特匹也　言爾之不思舊姻而求新匹也雖實不以彼之富而厭我之貧亦祇以其新而異於故耳此詩人責人忠厚之意

我行其野三章章六句王氏曰先王躬行仁義以道民厚矣猶以為未也又

建官置師以孝友睦婣任恤六行教民為其有父母也故教以孝為其有兄弟也故教以友為其有同姓也故教以睦為其有異姓也故教以婣為鄰里鄉黨相保相愛也故教以任相賙相救也故教以恤以為徒教之或不率也故使官師以時書其德行而勸之以為徒勸之或不率也於是乎有不孝不睦不婣不弟不任不恤之刑焉

方是時也安有如此詩所刺之民乎

秩秩斯干叶居焉反幽幽南山叶所旃反如竹苞叶補苟反矣如松茂叶莫口反矣兄及弟矣式相好去聲叶許厚反矣無相猶叶余久反矣賦也

秩秩有序也斯此也干水涯也南山終南之山也苞叢生而固也猶謀也　此築室既成而燕飲以落之因歌其事言此室臨水而面山其下之固如竹之苞其上之密如松之茂又言居是室者兄弟相好而無相謀則頌

禱之辭猶所謂聚國族於斯者也張子曰猶似也人情大抵施之不報則輟故恩不能終兄弟之間各盡已之所宜施者無學其不相報而廢恩也君臣父子朋友之間亦莫不用此道盡已而已愚按此於文義或未必然然意則善矣或曰猶當作尤

似續妣音比祖築室百堵西南其戶爰居爰處爰笑爰語

賦也似嗣也妣先於祖者協下韻爾或曰謂姜嫄后稷也西南其戶天子之宮其室非一在東者西其戶在北者南其戶猶言南東其畝也爰於也

約之閣閣椓音卓之橐橐音託風雨攸除去聲鳥鼠攸去君子攸芋音吁叶王遇反

賦也約束板也閣閣上下相乘也椓築也橐橐杵聲也除亦去也無風雨鳥鼠之害言其上下四旁皆牢固也芋尊大也君子之所居以為尊且大也

如跂音企斯翼如矢斯棘如鳥斯革

叶訖力反如翬音輝斯飛君子攸躋音賫賦也跂竦立也翼敬也棘急也矢行緩則枉急則直也革變翬雉躋升也言其大勢嚴正如人之竦立而其恭翼翼也其廉隅整飭如矢之急而直也其棟宇峻起如鳥之警而革也其簷阿華采而軒翔如翬之飛而矯其翼也蓋其堂之美如此而君子之所升以聽事也

殖殖音湜其庭有覺其楹噲噲音快其正叶音征噦噦音嘒其冥君子攸寧賦也殖殖平正也庭宮寢之前庭也覺高大而直也楹柱也噲噲猶快快也正向明之處也噦噦深廣之貌冥奧窔之間也言其室之美如此而君子之所休息以安身也

下莞音官上簟叶徒檢徒錦二反乃安斯寢叶于檢于錦二反乃寢乃興乃占我夢叶彌登反吉夢維何維熊維羆音碑叶彼何反維虺音毀維蛇

叶于其土何二反賦也莞蒲蓆也竹葦曰簟羆似熊而長頭高脚猛憨多力能拔樹虺蛇屬細頸大頭色如文綬大者長七八尺祝其君安其室居夢兆而有祥亦頌禱之辭也下章放此

大音泰人占之維熊維羆男子之祥維虺維蛇女子之祥賦也大人大卜之屬占夢之官也熊羆陽物在山彊力壯毅男子之祥也虺蛇陰物穴處柔弱隱伏女子之祥也或曰夢之有占何也曰人之精神與天地陰陽流通故晝之所為夜之所夢其善惡吉凶各以類至是以先王建官設屬使之觀天地之會辨陰陽之氣以日月星辰占六夢之吉凶獻吉夢贈惡夢其於天人相與之際察之詳而敬之至矣故曰王前巫而後史宗祝瞽侑皆在左右王中心無為也以守至正

乃生男子載寢之牀載衣去聲之裳載弄之璋其泣喤喤音橫叶胡光反朱芾音沸

斯皇室家君王賦也半圭曰璋喤大聲也芾天子純朱諸侯黄朱皇猶煌煌也君諸侯也寢之於牀尊之也衣之以裳服之盛也弄之以璋尚其德也言男子之生於是室者皆將服朱芾煌煌然有室有家為君為王矣乃生女子載寢之地載衣之裼音替載弄之瓦叶魚位反無非無儀叶音義唯酒食是議無父母貽音遺罹叶音麗

賦也裼褓也瓦紡塼也儀善罹憂也寢之於地卑之也衣之以褓即其用而無加也弄之以瓦習其所有事也有非非婦人也有善非婦人也蓋女子以順為正無非足矣有善則亦非其吉祥可願之事也唯酒食是議而無遺父母之憂則可矣易曰無攸遂在中饋貞吉而孟子之母亦曰婦人之禮精五飯冪酒漿養舅姑縫衣裳而已矣故有閨門之脩而無境外之志此之謂也

斯干九章四章章七句五章章五句（舊說厲王既流于彘宮室圮壞故宣王即位更作宮室既成而落之今亦未有以見其必為是時之詩也或曰儀禮下管新宮春秋傳宋元公賦新宮恐即此詩然亦未有明證）

誰謂爾無羊三百維羣誰謂爾無牛九十其犉（音淳）爾羊來思其角濈濈（音戢）爾牛來思其耳濕濕（賦也黃牛黑脣曰犉羊以三百為羣其羣不可數也牛之犉者九十非犉者尚多也聚其角而息濈濈然呞而動其耳濕濕然王氏曰濈濈和也羊以善觸為患故言其和謂聚而不相觸也濕濕潤澤也牛病則耳燥安則潤澤也此詩言牧事有成而牛羊衆多也）或降于阿或飲于池（叶唐何反）或寢或訛爾牧來

思何上聲蓑音梭何笠音立或負其餱音侯三十維物叶微律反爾牲則具叶居律反　賦也訛動何揭也蓑笠所以備雨三十維物齊其色而別之凡為色三十也言牛羊無驚畏而牧人持雨具齎飲食從其所適以順其性是以生養蕃息至於其色無所不備而於用無所不有也

爾牧來思以薪以蒸以雌以雄叶于陵反爾羊來思矜矜兢兢不騫不崩麾之以肱畢來既升　賦也麤曰薪細曰蒸雌雄禽獸也矜矜兢兢堅強也騫虧也崩羣疾也肱臂也既盡也升入牢也　言牧人有餘力則出取薪蒸搏禽獸其羊亦馴擾從人不假箠楚但以手麾之使來則畢來使升則既升也

牧人乃夢眾維魚矣旐音兆維旟音餘矣大人占之眾維魚矣實維豐年叶尼因反旐

維旟矣室家溱溱賦也占夢之説未詳溱溱衆也或曰衆謂人也旐郊野所建統人少旟州里所建統人多蓋人不如魚之多旐所統不如旟所統之衆故夢人乃是魚則為豐年旐乃是旟則為人衆

無羊四章章八句

節音截彼南山維石巖巖赫赫師尹民具爾瞻叶側銜反憂心如惔音談不敢戲談國既卒子律反斬叶側銜反何用不監平聲興也節高峻貌巖巖積石貌赫赫顯盛貌師尹大師尹氏也大師三公尹氏蓋吉甫之後春秋書尹氏卒公羊子以為譏世卿者即此也具俱瞻視惔燔卒終斬絶監視也此詩家父所作刺王用尹氏以致亂言節彼南山則維石巖巖矣赫赫師尹則民具爾瞻矣而其所為不善使人憂心如火燔灼又畏其威而不敢言也然則國

既終斬絕矣汝何用而不察哉

節彼南山有實其猗音醫叶於何反赫赫師尹不平謂何天方薦音荐瘥音嵯喪去聲亂弘多民言無嘉叶居何反憯音慘莫懲嗟叶遭哥反興也有實其猗未詳其義傳曰實滿猗長也箋云猗倚也言草木滿其旁倚之畎谷也或以為草木之實猗猗然皆不甚通薦荐通重也瘥病宏大憯曾懲創也節彼南山則有實其猗矣赫赫師尹而不平其心則謂之何哉蘇氏曰為政者不平其心則下之榮悴勞逸有大相絕者矣是以神怒而重之以喪亂人怨而謗讟其上然尹氏曾不懲創咨嗟求所以自改也

尹氏大音泰師維周之氐音底叶都黎反秉國之均四方是維天子是毗音琵俾民不迷不弔昊天不宜空我師叶霜夷反賦也氏本均平維持毗輔弔

憖空窮師衆也　言尹氏大師維周之氐而秉國之均則是宜有以維持四方毗輔天子而使民不迷乃其職也今乃不平其心而既不見憖弔於昊天矣則不宜久在其位使天降禍亂而我衆并及空窮也

弗躬弗親庶民弗信叶斯人反弗問弗仕勿罔君子叶獎里反式夷式已無小人殆叶養里反瑣瑣姻亞則無膴音武仕

賦也仕事罔欺也君子指王也夷平已止殆危也瑣瑣小貌壻之父曰姻兩壻相謂曰亞膴厚也　言王委政於尹氏尹氏又委政於姻亞之小人而以其未嘗問未嘗事者欺其君也故戒之曰汝之弗躬弗親庶民已不信矣其所弗問弗事則豈可以罔君子哉當平其心視所任之人有不當者則已之無以小人之故而至於危殆其國也瑣瑣姻亞而必皆膴仕則小人進矣

昊天不傭敕龍反降此鞠音菊訩音凶昊天不

惠降此大戾君子如居音戒叶居例反俾民心闋音缺叶苦桂反君子如夷惡去聲怒是違賦也傭均鞫窮訩亂戾乖居至闋息違遠也　言昊天不均而降此窮極之亂昊天不順而降此乖戾之變然所以靖之者亦在夫人而已君子無所茍而用其至則必躬必親而民之亂心息矣君子無所偏而平其心則式夷式已而民之惡怒遠矣傷王與尹氏之不能也夫為政不平以召禍亂者人也而詩人以為天實為之者蓋無所歸咎而歸之天也抑有以見君臣隱諱之義焉有以見天人合一之理焉　後皆放此

不弔昊天叶鐵因反亂靡有定叶唐丁反式月斯生叶桑經反俾民不寧憂心如酲音呈誰秉國成不自為政叶諸盈反卒勞百姓叶桑經反賦也酒病曰酲成平卒終也　蘇氏曰天不之恤故亂未有所止而禍患與

歳月增長君子憂之曰誰秉國成者乃不自為政而以付之姻亞之小人其卒使民為之受其勞弊以至此也

駕彼四牡四牡項領我瞻四方蹙蹙音蹴靡所騁音逞賦也項大也蹙蹙縮小之貌　言駕四牡而四牡項領可以騁矣而視四方則皆昏亂蹙蹙然無可往之所亦將何所騁哉東萊呂氏曰本根病則枝葉皆瘁是以無可往之地也

方茂爾惡相去聲爾矛矣既夷既懌如相醻音酬矣賦也茂盛相視懌悅也言方盛其惡以相加則視其矛戟如欲戰鬬及既夷平悅懌則相與歡然如賓主而相醻酢不以為怪也蓋小人之性無常而習於鬬亂其喜怒之不可期如此是以君子無所適而可也

昊天不平我王不寧不懲其心覆音福怨其正叶諸盈反賦也尹氏之不平若天使之故曰昊天不平若是則我王亦

不得寧矣然尹氏猶不自懲創其心乃反怨人之正已者則其為惡何時而已哉

家父音甫作誦叶疾容反以究王訩式訛爾心以畜萬邦叶卜工反賦也家氏父字周大夫也究窮訛化畜養也家父自言作為此誦以窮究王政昏亂之所由冀其改心易慮以畜養萬邦也陳氏曰尹氏厲威使人不得戲談而家父作詩乃復自表其出於己以身當尹氏之怒而不辭者蓋家父周之世臣義與國俱存亡故也東萊呂氏曰篇終矣故窮其亂本而歸之王心焉致亂者雖尹氏而用尹氏者則王心之蔽也李氏曰孟子曰人不足與適也政不足與閒也惟大人為能格君心之非蓋用人之失政事之過雖皆君之非然不必先論也惟格君心之非則政事無不善矣用人皆得其當矣

節南山十章六章章八句四章章四句序以此為幽王之詩

而春秋桓十五年有家父來求車於周為桓王之世上距幽王之終已七十五年不知其人之同異大抵序之時世皆不足信今姑闕焉可也

正音政月繁霜我心憂傷民之訛言亦孔之將念我獨兮憂心京京叶居良反哀我小心癙音鼠憂以痒音羊

賦也正月夏之四月謂之正月者以純陽用事為正陽之月也繁多訛偽將大也京京亦大也癙憂幽憂也痒病也此詩亦大夫所作言霜降失節不以其時既使我心憂傷矣而造為姦偽之言以惑羣聽者又方甚大然衆人莫以為憂故我獨憂之以至於病也

父母生我胡俾我瘉音庾不自我先不自我後叶下五反好言自口叶孔五反莠音酉言自口憂心愈愈是以有

侮賦也癙病自從芻醜也愈愈益甚之意　疾痛故呼父母而傷已適丁是時也訛言之人虚偽反覆言之好醜皆不出於心而但出於口是以我之憂心益甚而反見侵侮也　憂心惸惸音煢念我無祿民之無辜并去聲其臣僕哀我人斯于何從祿瞻烏爰止于誰之屋賦也惸惸憂意也無祿猶言不幸爾辜罪并俱也古者以罪人為臣僕亡國所虜亦以為臣僕箕子所謂商其淪喪我罔為臣僕是也言不幸而遭國之將亡與此無罪之民將俱被囚虜而同為臣僕未知將復從何人而受祿如視烏之飛不知其將止于誰之屋也　瞻彼中林侯薪侯蒸民今方殆視天夢夢音蒙叶莫登反既克有定靡人弗勝音升有皇上帝伊誰云憎興也中林林中也侯維殆危也夢夢不明也皇大也上帝

天之神也程子曰以其形體謂之天以其主宰謂之帝言瞻彼中林則維薪維蒸分明可見也民今方危殆疾痛號訴於天而視天反夢夢然若無意於分別善惡者然此特值其未定之時爾及其既定則未有不為天所勝者也夫天豈有所憎而禍之乎福善禍淫亦自然之理而已申包胥曰人衆則勝天天定亦能勝人疑出於此

謂山蓋卑為岡為陵民之訛言寧莫之懲召彼故老訊音信之占夢叶莫登反具曰予聖誰知烏之雌雄叶胡陵反

賦也山脊曰岡廣平曰陵懲止也故老舊臣也訊問也占夢官名掌占夢者也具俱也烏之雌雄相似而難辨者也謂山蓋卑而其實則岡陵之崇也今民之訛言如此矣而王猶安然莫之止也及其詢之故老訊之占夢則又皆自以為聖人亦誰能別其言之是非乎子思言於衛侯曰君之國事將日非矣公曰何故對曰有由然

馬君出言自以為是而卿大夫莫敢矯其非卿大夫出言亦自以為是而士庶人莫敢矯其非君臣既自賢矣而羣下同聲賢之賢之則順而有福矯之則逆而有禍如此則善安從生詩曰具曰予聖誰知烏之雌雄抑亦似君之君臣乎

謂天蓋高不敢不局叶居亦反謂地蓋厚不敢不蹐音積維號音毫斯言有倫有脊哀今之人胡為虺音毀蜴音易

賦也局曲也蹐累足也號長言之也脊理蜴螈也虺蜴皆毒螫之蟲也言遭世之亂天雖高而不敢不局地雖厚而不敢不蹐其所號呼而為此言者又皆有倫理而可考也哀今之人胡為肆毒以害人而使之至此乎

瞻彼阪音反田有菀音鬱其特天之扤音兀我如不我克彼求我則如不我得執我仇仇亦不我力

興也阪田崎嶇墝埆之處

莞茂盛之貌特特生之苗也扤動也力謂用力瞻彼阪田猶有莞然之特特而天之扤我如恐其不我克何哉亦無所歸咎之辭也夫始而求之以為法則惟恐不我得也及其得之則又執我堅固如仇讎然然終亦莫能用也求之甚艱而棄之甚易其無常如此

心之憂矣如或結之今兹之正胡然厲叶力桀反矣燎之方揚寧或滅之赫赫宗周褒姒音似烕呼悅反之

賦也正政也厲暴惡也火田為燎揚盛也宗周鎬京也褒姒幽王之嬖妾褒國女姒姓也烕亦滅也言我心之憂如結者為國政之暴惡故也燎之方盛之時則寧有能撲而滅之者乎然赫赫然之宗周而一褒姒足以滅之蓋傷之也時宗周未滅以褒姒淫妒讒諂而王惑之知其必滅周也或曰此東遷後詩也時宗周已滅矣其言褒姒烕之有監戒之意而無憂懼之情似亦道已然之事而非慮其將然之辭今亦

未能必其然否也　終其永懷又窘陰雨其車既載音在乃棄爾輔叶扶雨反載如字輸爾載音在將音槍伯助予叶演汝反比也陰雨則泥濘而車易以陷也載車所載也輔如今人縛杖於輻以防輔車也輸墮也將請也伯或者之字也　蘇氏曰王為淫虐譬如行險而不知止君子永思其終知其必有大難故曰終其永懷又窘陰雨王又不虞難之將至而棄賢臣焉故曰乃棄爾輔君子求助於未危故難不至苟其載之既墮而後號伯以助予則無及矣　無棄爾輔員音云于爾輻叶筆力反屢顧爾僕不輸爾載叶節力反終踰絕險曾是不意叶乙力反比也員益也輔所以益輻也屢數顧視也僕將車者也　此承上章言若能無棄爾輔以益其輻而又數數顧視其僕則不墮爾所載而踰於絕險若初不以為意者蓋能謹其

初則厥終無難也一說王會不以是為意乎

魚在于沼叶音灼亦匪克樂音洛潛雖伏矣亦孔之炤音灼憂心慘慘念國之為虐比也沼池也炤明易見也　魚在于沼其為生已蹙矣其潛雖深然亦炤然而易見言禍亂之及無所逃也

彼有旨酒又有嘉殽音爻洽比音鼻其鄰昏姻孔云念我獨兮憂心慇慇賦也洽比皆合也云旋也慇慇疾痛也言小人得志有旨酒嘉殽以合比其鄰里怡懌其昏姻而我獨憂心至於疾痛也昔人有言燕雀處堂母子相安自以為樂也突決棟焚而怡然不知禍之將及其此之謂乎

佌佌音此彼有屋蔌蔌音速方有穀民今之無祿天天音腰是椓音卓叶都木反哿音可矣富人哀此惸獨賦也佌佌小貌蔌蔌窶陋

貌指王所用之小人也穀祿天禍椓害哿可獨單也佌佌然之小人既已有屋矣蔌蔌窶陋者又將有穀矣而民今獨無祿者是天禍椓喪之耳亦無所歸怨之辭也亂至於此富人猶或可勝惸獨甚矣此孟子所以言文王發政施仁必先鰥寡孤獨也

正月十三章八章章八句五章章六句

十月之交朔日辛卯叶莫後反日有食之亦孔之醜彼月而微此日而微今此下民亦孔之哀叶於希反賦也十月以夏正言之建亥之月也交日月交會謂晦朔之閒也歷法周天三百六十五度四分度之一左旋於地一晝一夜則其行一周而又過一度日月皆右行於天一晝一夜則日行一度月行十三度十九分度之七故日一歲而一周天月二

十九日有奇而一周天又逐及於日而與之會一歲凡十二會方會則月光都盡而為晦已會則月光復蘇而為朔朔後晦前各十五日日月相對則月光正滿而為望晦朔而日月之合東西同度南北同道則月揜日而日為之食望而日月之對同度同道則月亢日而月為之食是皆有常度矣然王者脩德行政用賢去奸能使陽盛足以勝陰陰衰不能侵陽則日月之行雖或當食而月常避日故其遲速高下必有參差而不正相合不正相對者所以當食而不食也若國無政不用善使臣子背君父妾婦乘其夫小人陵君子夷狄侵中國則陰盛陽微當食必食雖曰行有常度而實為非常之變矣蘇氏曰日食天變之大者也然正陽之月古尤忌之夏之四月為純陽故謂之正月十月純陰疑其無陽故謂之陽月純陽而食陽弱之甚也純陰而食陰壯之甚也微虧也彼月則宜有時而虧矣此日不宜虧而今亦虧是亂亡之兆也

日月告凶不用

其行叶户郎反四國無政不用其良彼月而食則維其常此日而食于何不臧賦也行道也凡日月之食皆有常度矣而以為不用其行者月不避日失其道也然其所以然者則以四國無政不用善人故也如此則日月之食皆非常矣而以月食為其常日食為不臧者陰亢陽而不勝猶可言也陰勝陽而揜之不可言也故春秋日食必書而月食則無紀焉亦以此爾

爗爗音葉震電不寧不令叶盧經反百川沸騰山冢崒崩高岸為谷深谷為陵哀今之人胡憯音慘莫懲賦也爗爗電光貌震雷也寧安徐也令善沸出騰乘也山頂曰冢崒崔嵬也高岸崩陷故為谷深谷填塞故為陵憯曾也言非但日食而已十月而雷電山崩水溢亦災異之甚者是宜恐懼修省改紀其政而幽王曾莫之懲也董子曰國家將有

夫道之敗而天乃先出災異以譴告之不知自省又出怪異以警懼之尚不知變而傷敗乃至此見天心仁愛人君而欲止其亂也

皇父音甫卿士番維司徒家伯冢宰仲允膳夫聚音鄒子內史蹶音愧維趣七走反馬叶滿補反楀音矩維師氏豔音豔妻煽音扇方處賦也皇父家伯仲允皆字也番聚蹶楀皆氏也卿士六卿之外更為都官以總六官之事也或曰卿士蓋卿之士周禮太宰之屬有上中下士公羊所謂宰士左氏所謂周公以蔡仲為己卿士是也蓋以宰屬而兼總六官位卑而權重也司徒掌邦教冢宰掌邦治皆卿也膳夫上士掌王之飲食膳羞者也內史中大夫掌爵祿廢置殺生予奪之法者也趣馬中士掌王馬之政者也師士亦中大夫掌司朝得失之事者也美色曰豔豔妻即褒姒也煽熾也方處方居其所未變徙也　言所以致變異者由小人用事於外

而嬖妾蠱惑王心於内以為之主故也

抑此皇父豈曰不時胡為我作不即我謀叶謨悲反徹我牆屋田卒汙音烏萊叶陵之反曰予不戕音牆禮則然矣叶於姬反

賦也抑發語辭時農隙之時也作動即就卒盡也汙渟水也萊草穢也戕害也言皇父不自以為不時欲動我以徙而不與我謀乃遽徹我牆屋使我田不獲治卑者汙而高者萊又曰非我戕汝乃下供上役之常禮耳

皇父孔聖作都于向去聲擇三有事亶侯多藏去聲不慭魚覲反遺一老俾守我王叶于放反擇有車馬以居徂向

賦也孔甚也聖通明也都大邑也周禮畿內大都方百里小都方五十里皆天子公卿所封也向地名在東都畿內今孟州河陽縣是也三有事三卿也亶信侯維藏蓄也慭者心不欲

而自强之辭有車馬者亦富民也徂往也言皇父自以為聖而作都則不求賢而但取富人以為卿又不自强留一人以衛天子但有車馬者則悉與俱往不忠於上而但知貪利以自私也

黽音敏勉從事不敢告勞無罪無辜讒口囂囂音翺下民之孽音臬匪降自天叶鐵因反噂音撙沓音遝背音佩憎職競由人賦也囂囂衆多貌孽災害也噂聚也沓重複也職主競力也言黽勉從皇父之役未嘗敢告勞也猶且無罪而遭讒然下民之孽非天之所為也噂噂沓沓多言以相說而背則相憎專力為此者皆由讒口之人耳

悠悠我里亦孔之痗音妹叶呼洧反四方有羡徐面反我獨居憂民莫不逸我獨不敢休天命不徹叶直質反我不敢傚我友自逸賦也悠悠憂也里居

痗病羨餘逸樂徹均也　當是之時天下病矣而獨憂我里之甚病且以爲四方皆有餘而我獨憂衆人皆得逸豫而我獨勞者以皇父病之而被禍尤甚故也然此乃天命之不均吾豈敢不安於所遇而必傚我友之自逸哉

十月之交八章章八句

浩浩昊天不駿其德降喪去聲饑饉音覲斬伐四國叶于逼反昊天疾威弗慮弗圖舍音赦彼有罪既伏其辜若此無罪淪胥以鋪平聲　賦也浩浩廣大也昊亦廣大之意駿大也德惠也穀不熟曰饑蔬不熟曰饉疾威猶暴虐也慮圖皆謀也舍置淪陷胥相鋪徧也　此時饑饉之後羣臣離散其不去者作詩以責去者故推本而言昊

天不大其惠降此饑饉而殺伐四國之人如何昊天曾不思慮圖謀而遽為此乎彼有罪而饑死則是既伏其辜矣舍之可也此無罪者亦相與而陷於死亡則如之何哉

周宗既滅靡所止戾正大夫離居莫知我勩音異三事大夫莫肯夙夜叶弋灼夜邦君諸侯莫肯朝夕叶祥龠反庶曰式臧覆音福出為惡賦也宗族姓也戾定也正長也周官八職一曰正謂六官之長皆上大夫也離居蓋以饑饉散去而因以避讒譖之禍也我不去者自我也勩勞也三事三公也大夫六卿及中下大夫也臧善覆反也　言將有易姓之禍其兆已見而天變人離又如此庶幾曰王改而為善乃覆出為惡而不悛也或曰疑此亦東遷後詩也

如何昊天叶鐵因反辟言不信叶斯人反如彼行邁則靡所臻凡百君子

各敬爾身胡不相畏不畏于天賦也如何昊天呼天而訴之也辟法臻至也凡百君子指羣臣也　言如何乎昊天也法度之言而不聽信則如彼行往而無所底至也然凡百君子豈可以王之為惡而不敬其身哉不敬爾身不相畏也不相畏不畏天也

戎成不退叶吐類反饑成不遂曾音層我暬音薛御憯憯音慘日瘁音悴凡百君子莫肯用訊叶息悴反聽言則荅譖言則退賦也戎兵遂進也易曰不能退不能遂是也暬御近侍也國語曰居寢有暬御之箴蓋如漢侍中之官也憯憯憂貌瘁病訊告也　言兵寇已成而王之為惡不退饑饉已成而王之遷善不遂使我暬御之臣憂之而慘慘日瘁也凡百君子莫肯以是告王者雖王有問而欲聽其言則亦荅之而已不敢盡言也一有譖言及已則皆退而離居莫肯夙夜朝夕於王矣其意若曰王

雖不善而君臣之義豈可以若是恝乎

哀哉不能言匪舌是出音脆維躬是瘁哿音可矣能言巧言如流俾躬處休賦也出出之也瘁病哿可也言之忠者當世之所謂不能言者也故非但出諸口而適以瘁其躬佞人之言當世所謂能言者也故巧好其言如水之流無所凝滯而使其身處於安樂之地蓋亂世昏主惡忠直而好諛佞類如此詩人所以深歎之也

維曰于仕孔棘且殆叶養里反云不可使得罪于天子叶奬里反亦云可使怨及朋友叶羽已反賦也于往棘急殆危也蘇氏曰人皆曰往仕耳曾不知仕之急且危也當是之時直道者王之所謂不可使而枉道者王之所謂可使也直道者得罪于君而枉道者見怨于友此仕之所以難也

謂爾遷于王都曰予未有室家叶古

胡反鼠思去聲泣血叶虚屈反無言不疾昔爾出居誰從作爾室

賦也爾謂離居者鼠思猶言癙憂也　當是時言之難能而仕之多患如此故羣臣有去者有居者居者不忍王之無臣已之無徒則告去者使復還于王都去者不聽而托於無家以拒之至於憂思泣血有無言而不痛疾者蓋其懼禍之深至於如此然所謂無家者則非其情也故詰之曰昔爾之去也誰為爾作室者而今以是辭我哉

雨無正七章二章章十句二章章八句三章章六句

歐陽公曰古之人於詩多不命題而篇名往往無義例其或有命名者則必述詩之意如巷伯常武之類是也今雨無正之名據序所言與詩絕異當闕其所疑元城劉氏曰嘗讀韓詩有雨無極

篇序云雨無極正大夫刺幽王也至其詩之文則比毛詩篇首多雨無其極傷我稼穡八字愚按劉說似有理然第一二章本皆十句今遽增之則長短不齊非詩之例又此詩實正大夫離居之後暬御之臣所作其曰正大夫刺幽王者亦非是且其為幽王詩亦未有所考也

祈父之什十篇六十四章四百二十六句

小旻之什二之五

旻天疾威敷于下土謀猶回遹音聿何日斯沮上聲謀臧不從不臧覆用叶于封反我視謀猶亦孔之卭音窮賦也旻幽遠之意敷布猶謀回邪遹辟沮止臧善覆反卭病也大夫以王惑於邪謀不能斷以從善而作此詩言旻天之疾威布于

下土使王之謀猶邪辟無日而止謀之善者則不從而其不善者反用之故我視其謀猶亦甚病也

潝潝音吸訿訿音紫亦孔之哀叶於希反謀之其臧則具是違謀之不臧則具是依我視謀猶伊于胡底音抵叶都黎反

賦也潝潝相和也訿訿相詆也具俱底至也　言小人同而不和其慮深矣然於謀之善者則違之其不善者則從之亦何能有所定乎

我龜既厭不我告猶叶于救反謀夫孔多是用不集叶疾救反發言盈庭誰敢執其咎叶巨又反如匪行邁謀是用不得于道叶徒候反

賦也集成也　卜筮數則瀆而龜厭之故不復告其所圖之吉凶謀夫衆則是非相奪而莫適所從故所謀終亦不成蓋發言盈庭各是其是無肯任其責而决之者猶不行不邁而坐謀所適

謀之雖審而亦何得於道路哉

哀哉為猶匪先民是程匪大猶是經維邇言是聽叶平聲維邇言是爭叶側陘反如彼築室于道謀是用不潰于成賦也先民古之聖賢也程法猶道經常潰遂也　言哀哉今之為謀不以先民為法不以大道為常其所聽而爭者皆淺末之言以是相持如將築室而與行道之人謀之人人得為異論其能有成也哉古語曰作舍道邊三年不成蓋出於此

國雖靡止或聖或否叶補美反民雖靡膴音呼或哲或謀叶莫徒反或肅或艾音乂如彼泉流無淪胥以敗叶蒲寐反賦也止定也聖通明也膴大也多也艾與乂同治也淪陷胥相也　言國論雖不定然有聖者焉有否者焉民雖不多然有哲者焉有謀者焉有肅者焉有艾者焉但王不用善則雖有善

者不能自存將如泉流之不反而淪胥以至於敗矣聖哲謀肅乂即洪範五事之德豈作此詩者亦傳箕子之學也與

不敢暴虎不敢馮叶皮冰反河人知其一莫知其他音拖戰戰兢兢如臨深淵叶一均反如履薄冰

賦也徒搏曰暴徒涉曰馮如馮几然也戰戰恐也兢兢戒也如臨深淵恐墜也如履薄冰恐陷也衆人之慮不能及遠暴虎馮河之患近而易見則知避之喪國亡家之禍隱於無形則不知以為憂也故曰戰戰兢兢如臨深淵如履薄冰懼及其禍之辭也

小旻六章三章章八句三章章七句

蘇氏曰小旻小宛小弁小明四詩皆以小名篇所以別其為小雅也其在小雅者謂之小故其在大雅者謂之召旻大明獨宛

弁闕焉意者孔子删之矣雖去其大而其小者猶謂之小蓋即用其舊也

宛音宛彼鳴鳩翰飛戾天叶鐵因反我心憂傷念昔先人明發不寐有懷二人興也宛小貌鳴鳩斑鳩也翰羽戾至也明發謂將旦而光明開發也二人父母也此大夫遭時之亂而兄弟相戒以免禍之詩故言彼宛然之小鳥亦翰飛而至於天矣則我心之憂傷豈能不念昔之先人哉是以明發不寐而有懷乎父母也言此以為相戒之端

人之齊聖飲酒溫克彼昏不知壹醉日富叶筆力反各敬爾儀天命不又叶夷益反又復也　賦也齊肅也聖通明也克勝也富猶甚也言齊聖之人雖醉猶溫恭自持以勝所謂不為酒困也彼昏然而不知者則一於醉而日甚矣於是言各敬謹爾之威儀天命已去將不復來不可以不恐

懼也時王以酒敗德臣下化之故此兄弟相戒首以為說

中原有菽音叔庶民采叶此禮反之螟音冥蛉音零有子蜾音果蠃音裸負叶蒲美反之教誨爾子式穀似叶養里反之興也中原原中也菽大豆也螟蛉桑上小青蟲也似步屈蜾蠃土蜂也似蜂而小腰取桑蟲負之於木空中七日而化為其子式用穀善也中原有菽則庶民采之矣以興善道人皆可行也螟蛉有子則蜾蠃負之以興不似者可教而似也教誨爾子則用善而似之可也善也似也終上文兩句所興而言也戒之以不惟獨善其身又當教其子使為善也

題音弟彼脊令音零載飛載鳴我日斯邁而月斯征夙興夜寐無忝爾所生叶桑經反興也題視也脊令飛則鳴行則搖載則而汝忝辱也視彼脊令則且飛而且鳴矣我既日斯邁則汝亦月斯征矣言

當各務努力不可暇逸取禍恐不及相救恤也夙興夜寐各求無辱於父母而已

交交桑扈音戶率場啄粟哀我塡音顛寡宜岸宜獄握粟出卜自何能穀

興也交交往來之貌桑扈竊脂也俗呼青嘴肉食不食粟塡與瘨同病也岸亦獄也韓詩作犴鄉亭之繫曰犴朝廷曰獄　扈不食粟而今則率場啄粟矣病寡不宜岸獄今則宜岸宜獄矣言王不恤鰥寡喜陷之於刑辟也然不可不求所以自善之道故握持其粟出而卜之曰何自而能善乎言握粟以見其貧窶之甚

溫溫恭人如集于木惴惴音贅小心如臨于谷戰戰兢兢如履薄冰

賦也溫溫和柔貌如集于木恐墜也如臨于谷恐隕也

小宛六章章六句

此詩之辭最為明白而意極懇至說者必欲為刺王之言故其

說穿鑿破碎無理尤甚今悉改定讀者詳之

弁音盤彼鸒音豫斯叶先齎反歸飛提提音匙民莫不穀我獨于罹何辜于天我罪伊何心之憂矣云如之何 興也弁飛拊翼貌鸒雅烏也小而多羣腹下白江東呼為鵯烏斯語辭也提提羣飛安閒之貌穀善罹憂也 舊說幽王太子宜臼被廢而作此詩言弁彼鸒斯則歸飛提提矣民莫不善而我獨于憂則鸒斯之不如也何辜于天我罪伊何者怨而慕也舜號泣于旻天曰父母之不我愛於我何哉蓋如此矣心之憂矣云如之何則知其無可奈何而安之之辭也

踧踧音笛周道叶徒苟反鞫音匊為茂草叶此苟反我心憂傷惄音溺焉如擣音擣叶丁口反假寐永歎維憂用老叶魯口反心之憂矣

惄音趣如疾首興也踧踧平易也周道大道也鞫窮惄思擣舂也不脫衣冠而寐曰假寐惄猶疾也踧踧周道則將鞫為茂草矣我心憂傷則惄焉如擣矣精神憒眊至於假寐之中而不忘永歎憂之之深是以未老而老也惄如疾首則又憂之甚矣

維桑與梓叶奬里反必恭敬止靡瞻匪父靡依匪母叶滿彼反不屬音燭于毛不離于裏天之生我我辰安在叶此里反興也桑梓二木古者五畝之宅樹之牆下以遺子孫給蠶食具器用者也瞻者尊而仰之依者親而倚之屬連也毛膚體之餘氣末屬也離麗也裏心腹也辰猶時也言桑梓父母所植尚且必加恭敬況父母至尊至親宜莫不瞻依也然父母之不我愛豈我不屬于父母之毛乎豈我不離于父母之裏乎無所歸咎則推之於天曰豈我生時不善哉何不祥至是也

菀音鬱彼柳斯鳴

蜩音條嘒嘒有漼千罪反者淵萑音丸葦淠淠音譬譬彼舟流不知所屆音戒心之憂矣不遑假寐興也菀菀茂盛貌蜩蟬也嘒嘒聲也漼深貌淠淠衆也屆至遑暇也菀彼柳斯則鳴蜩嘒嘒矣有漼者淵則萑葦淠淠矣今我獨見棄逐如舟之流於水中不知其何所至乎是以憂之之深昔猶假寐而今不暇也

鹿斯之奔維足伎伎音祈雉之朝雊音姤尚求其雌叶千西反譬彼壞音瘣木疾用無枝心之憂矣寧莫之知興也伎伎舒貌宜疾而舒留其羣也雊雉鳴也壞傷病也寧猶何也鹿斯之奔則足伎伎然雉之朝雊亦知求其妃匹今我獨見棄逐如傷病之木憔悴而無枝是以憂之而人莫之知也

相去聲彼投兔尚或先去聲叶蘇晉反之行有死人尚或墐

音覲之君子秉心維其忍之心之憂矣涕既隕音蘊之興也相視
投奔行道墐埋秉執隕墜也　相彼被逐而投人之兔
尚或有哀其窮而先脫之者道有死人尚或有哀其暴
露而埋藏之者蓋皆有不忍之心焉今王信讒棄逐其子
曾視投兔死人之不如則其秉心亦忍矣是以心憂
而涕隕也　君子信讒如或醻叶市救反之君子不惠不舒究之
伐木掎音已叶居何反矣析薪杝音侈叶湯何反矣舍音捨彼有罪予之
佗音唾叶湯何反矣賦而興也醻報惠愛舒緩究察也掎倚也言以物倚其巓也杝隨其理也佗加也
王惟讒是聽如受醻爵得即飲之曾不加惠愛舒緩而
究察之夫苟舒緩而究察之則讒者之情得矣伐木者
尚倚其巓析薪者尚隨其理皆不妄挫折之今乃舍彼
有罪之譖人而加我以非其罪曾伐木析薪之不若也

此則興也

莫高匪山叶所旃反莫浚音濬匪泉君子無易去聲由言耳屬音燭于垣無逝我梁無發我笱我躬不閱遑恤我後

賦而比也山極高矣而或陟其巔泉極深矣而或入其底故君子不可易於其言恐耳屬於垣者有所觀望左右而生讒譖也王於是卒以褒姒為后伯服為太子故告之曰無逝我梁無發我笱我躬不閱遑恤我後蓋比辭也東萊呂氏曰唐德宗將廢太子而立舒王李泌諫之且曰願陛下還宮勿露此意左右聞之將樹功於舒王太子危矣此正君子無易由言耳屬于垣之謂也小弁之作太子既廢矣而猶云爾者蓋推本亂之所由生言語以為階也

小弁八章章八句

幽王娶于申生太子宜臼後得褒姒而惑之生子伯服信其讒

黜申后逐宜臼而宜臼作此以自怨也序以為太子之傅述太子之情以為是詩不知其何所據也傳曰高子曰小弁小人之詩也孟子曰何以言之曰怨曰固哉高叟之為詩也有人於此越人關弓而射之則已談笑而道之無他疏之也其兄關弓而射之則已垂涕泣而道之無他戚之也小弁之怨親親也親親仁也固矣夫高叟之為詩也曰凱風何以不怨曰凱風親之過小者也小弁親之過大者也親之過大而不怨是愈疏也親之過小而怨是不可磯也愈疏不孝也不可磯亦不孝也孔子曰舜其至孝矣五十而慕

悠悠昊天曰父母且音疽無罪無辜亂如此憮音呼昊天已威叶紆胃反予慎無罪叶音悴昊天泰憮予慎無辜賦也悠悠遠大之貌

且語辭憮大也已泰皆甚也慎審也大夫傷於讒無所控告而訴之於天曰悠悠昊天為人之父母胡為使無罪之人遭亂如此其大也昊天之威已甚矣我審無罪也昊天之威甚大矣我審無辜也此訴而求免之辭也

亂之初生僭音譖始既涵音含亂之又生君子信讒君子如怒叶奴五反亂庶遄音椽沮上聲君子如祉音恥亂庶遄已賦也

僭始不信之端也涵容受也君子指王也遄疾沮止也祉猶喜也　言亂之所以生者由讒人以不信之言始入而王涵容不察其真偽也亂之又生者則既信其讒言而用之矣君子見讒人之言若怒而責之則亂庶幾遄沮矣見賢者之言若喜而納之則亂庶幾遄已矣今涵容不斷讒信不分是以讒者益勝而君子益病也蘇氏曰小人為讒於其君必以漸入之其始也進而嘗之君容之而不拒知言之無忌於是復進既而君信之然

後亂成

君子屢盟叶莫郎反亂是用長上聲叶直良反君子信盜亂是用暴盜言孔甘亂是用餤音談匪其止共音恭維王之邛

音邛賦也屢數也盟邦國有疑則殺牲歃血告神以相要束也盜指讒人也餤進邛病也　言君子不能已亂而屢盟以相要則亂是用長矣君子不能聖讒而信盜以為虐則亂是用暴矣讒言之美如食之甘使人嗜之而不厭則亂是用進矣然此讒人不能供其職事徒以為王之病而已夫良藥苦口而利於病忠言逆耳而利於行維其言之甘而悅焉則其國豈不殆哉

奕奕寢廟君子作之秩秩大猷聖人莫之他人有心予忖度之躍躍音笛毚音殘兔遇犬獲叶黄郭反

之興而比也奕奕大也秩秩序也猷道莫定也躍躍跳疾貌毚狡也　奕奕寢廟則君子作

之秩秩大猷則聖人莫之以興他人有心則予得而忖度之而又以躍躍毚兔遇犬獲之比焉反覆興比以見讒人之心我皆得之不能隱其情也

荏音餁染柔木君子樹叶上主反之往來行言心焉數之蛇蛇音移碩言出自口叶孔五反矣巧言如簧顏之厚叶胡五反矣

興也荏染柔貌柔木桐梓之屬可用者也行言行道之言也數辯也蛇蛇安舒貌碩大也謂善言也顏厚者頑不知恥也荏染柔木則君子樹之矣往來行言則心能辯之矣若善言出於口者宜也巧言如簧則豈可出於口哉言之徒可羞愧而彼顏之厚不知以為恥也孟子曰為機變之巧者無所用恥焉其斯人之謂與

彼何人斯居河之麋音眉無拳音權無勇職為亂階叶居奚反既微且尰市勇反爾勇伊何為猶將多爾居

徒幾音紀何賦也何人斥讒人也此必有所指矣賤而惡之故為不知其姓名而曰何人也斯語辭也水草交謂之麋拳力階梯也骭瘍為微腫足為尰猶謀將大也言此讒人居下濕之地雖無拳勇可以為亂而讒口交鬬專為亂之階梯又有微尰之疾亦何能勇哉而為讒謀則大且多如此是必有助之者矣然其所與居之徒衆幾何人哉言亦不能甚多也

巧言六章章八句以五章巧言二字名篇

彼何人斯其心孔艱叶居銀反胡逝我梁不入我門叶眉貧反伊誰云從維暴之云賦也何人亦若不知其姓名也孔甚艱險也我舊說以為蘇公也暴暴公也皆畿內諸侯也舊說暴公為卿士而譖蘇公故蘇公作詩以絶之然不欲直斥暴故但指其從行者而言

言彼何人者其心甚險胡爲往我之梁而不入我之門乎既而問其所從則暴公也夫以從暴公而不入我門則暴公之譖已也明矣但舊說於詩無明文可考未敢信其必然耳

二人從行誰爲此禍胡逝我梁不入唁我始者不如今云不我可賦也二人暴公與其徒也唁弔失位也言二人相從而行不知誰譖已而禍之乎既使我得罪矣而其逝我梁也又不入而唁我汝始者與我親厚之時豈嘗如今不以我爲可乎

彼何人斯胡逝我陳我聞其聲不見其身不愧于人不畏于天叶鐵因反賦也陳堂塗也堂下至門之徑也在我之陳則又近矣聞其聲而不見其身言其蹤跡之詭秘也不愧于人則以人爲可欺也天不可欺女獨不畏于天乎奈何其譖我也

彼何人斯其爲飄風叶孚愔反胡

不自北胡不自南（叶尼心反）胡逝我梁祇（音支）攪（音絞）我心（賦也飄風暴風也攪擾亂也言其往來之疾若飄風然自北自南則與我不相值也今則逝我之梁則適所以攪亂我心而已）

爾之安行亦不遑舍（叶商居反）爾之亟（音棘）行遑脂爾車壹者之來云何其盱（音吁賦也安徐遑暇舍息亟疾盱望也字林云盱張目也易曰盱豫悔三都賦云盱衡而語是也言爾平時徐行猶不暇息而况亟行則何暇脂其車哉今脂其車則非亟也乃託以亟行而不入見我則非其情矣何不一來見我如何使我望女之切乎）

爾還而入我心易（去聲叶以支反）也還而不入否難知也壹者之來俾我祇也（賦也還反易說祇安也言爾之往也既不入我門矣儻還而入則我心猶庶乎其說也還而不入

則爾之心我不可得而知矣何不一來見我而使我心安乎董氏曰是詩至此其辭益緩若不知其爲譖矣

伯氏吹壎音塤仲氏吹篪音池及爾如貫諒不我知出此三物以詛側助反爾斯叶先齎反賦也伯仲兄弟也俱爲王臣則有兄弟之義矣樂器土曰壎大如鵝子銳上平底似稱錘六孔竹曰篪長尺四寸圍三寸七孔一孔上出徑三分凡八孔橫吹之如貫如繩之貫物也言相連屬也諒誠也三物犬豕雞也刺其血以詛盟也伯氏吹壎而仲氏吹篪言其心相親愛而聲相應和也與汝如物之在貫豈誠不我知而譖我哉苟曰誠不我知則出此三物以詛之可也

爲鬼爲蜮音域則不可得有靦音腆面目視人罔極作此好歌以極反側賦也蜮短狐也江淮水皆有之能含沙以射水中人影其人輒病而不見其形也靦

面見人之貌也好善也反側反覆不正直也言汝為鬼為蜮則不可得而見矣女乃人也靦然有面目與人相視無窮極之時豈其情終不可測哉是以作此好歌以究極爾反側之心也

何人斯八章章六句此詩與上篇文意相似疑出一手但上篇先刺聽者此篇專責讒人耳王氏曰暴公不忠於君不義於友所謂大故也故蘇公絕之然其絕之也不斥暴公言其從行而已不著其譖也示以所疑而已既絕之矣而猶告以壹者之來俾我祇也蓋君子之處已也忠其遇人也恕使其由此悔悟更以善意從我固所願也雖其不能如此我固不為已甚豈若小丈夫然哉一與人絕則醜詆固拒唯恐其復合也

萋音妻兮斐兮成是貝錦彼譖人者亦已大音泰甚比也萋斐小文

之貌貝水中介蟲也有文彩似錦時有遭讒而被宮刑為巷伯者作此詩言因萋斐之形而文致之以成貝錦以比讒人者因人之小過而飾成大罪也彼為是者亦已大甚矣

哆昌者反兮侈兮成是南箕彼譖人者誰適音的與謀叶謨悲反比也哆侈微張之貌南箕四星二為踵二為舌其踵狹而舌廣則大張矣適主也誰適與謀言其謀之閟也

緝緝翩翩音篇叶批賓反謀欲譖人慎爾言也謂爾不信叶斯人反賦也緝緝口舌聲或曰緝緝有條理貌皆通翩翩往來貌譖人者自以為得意矣然不慎爾言聽者有時而悟且將以爾為不信矣

捷捷幡幡音翻叶芬邅反謀欲譖言豈不爾受既其女音汝遷賦也捷捷儇利貌幡幡反覆貌王氏曰上好譖則固將受汝然好譖不已則遇譖之禍亦既遷而及女矣

曾氏曰上章及此皆忠告之辭

驕人好好勞人草草蒼天蒼天叶鐵因反視彼驕人矜此勞人賦也好好樂也草草憂也驕人譖行而得意勞人遇譖而失度其狀如此

彼譖人者叶掌與反誰適與謀叶滿補反取彼譖人投畀豺虎豺虎不食投畀有北有北不受叶承呪反投畀有昊叶許候反賦也再言彼譖人者誰適與謀者甚嫉之故重言之也或曰衍文也投棄也北北方寒涼不毛之地也不食不受言讒譖之人物所共惡也昊昊天也投畀昊天使制其罪此皆設言以見欲其死亡之甚也故曰好賢如緇衣惡惡如巷伯

楊園之道猗音倚于畝丘叶祛奇反寺人孟子作為此詩凡百君子敬而聽之興也楊園下地也猗加也畝丘高地也寺人內

小臣蓋以讒被宮而為此官也孟子其字也　楊園之道而猗于畝邱以興賤者之言或有補於君子也蓋譖始於微者而其漸將及於大臣故作詩使聽而謹之也劉氏曰其後王后太子及大夫果多以讒廢者

巷伯七章章四句一章五句一章八句一章六句

巷是宮內道名秦漢所謂永巷是也伯長也主宮內道官之長即寺人也故以名篇班固司馬遷贊云迹其所以自傷悼小雅巷伯之倫其意亦謂巷伯本以被讒而遭刑也而楊氏曰寺人內侍之微者出入於王之左右親近於王而日見之宜無閒之可伺矣今也亦傷於讒則疏遠者可知故其詩曰凡百君子敬而聽之使在位知戒也其說不同然亦有理姑存於此云

習習谷風維風及雨將恐將懼維予與女音汝將安將樂

音洛女轉棄予叶演女反興也習習和調貌谷風東風也將且也恐懼謂危難憂患之時也此朋友相怨之詩故言習習谷風則維風及雨矣將恐將懼之時則維予與女矣奈何將安將樂而女轉棄予哉

習習谷風維風及頹將恐將懼寘予于懷叶胡隈反將安將樂棄予如遺叶遺同反興也頹風風之焚輪者也寘與置同置于懷親之也如遺忘去而不復存省也

習習谷風維山崔嵬無草不死無木不萎叶於回反忘我大德思我小怨比也崔嵬山巔也習習谷風維山崔嵬則風之所被者廣矣然猶無不死之草無不萎之木況於朋友豈可以忘大德而思小怨乎或曰興也

谷風三章章六句

蓼蓼音六者莪匪莪伊蒿哀哀父母生我劬勞比也蓼蓼長大貌莪美菜也蒿賤草也人民勞苦孝子不得終養而作此詩言昔謂之莪而今非莪也特蒿而已以比父母生我以爲美材可賴以終其身而今乃不得其養以死於是乃言父母生我之劬勞而重自哀傷也

蓼蓼者莪匪莪伊蔚音尉哀哀父母生我勞瘁比也蔚牡菣也三月始生七月始華如胡麻華而紫赤八月爲角似小豆角銳而長瘁病也

缾之罄矣維罍之恥鮮上聲民之生不如死之久叶舉里反矣無父何怙無母何恃出則銜恤入則靡至比也缾小罍大皆酒器也罄盡鮮寡恤憂靡無也言缾資於罍而罍資缾猶父母與子相依爲命也故缾罄矣乃罍之恥猶父母不得其所乃子之責所以窮獨之民生不如死

也蓋無父則無所怙無母則無所恃是以出則中心銜恤入則如無所歸也 父兮生我母兮鞠我拊（音撫）我畜（音旭）我長（上聲）我育我顧我復我出入腹我欲報之德昊天罔極（賦也生者本其氣也鞠畜皆養也拊拊循也育覆育也顧旋視也復反覆也腹懷抱也罔無極窮也言父母之恩如此欲報之以德而其恩之大如天無窮不知所以為報也）

南山烈烈飄風發發民莫不穀我獨何害（叶音曷 興也 烈烈高大貌發發疾貌穀善也南山烈烈則飄風發發矣民莫不善而我獨何為遭此害也哉）

南山律律飄風弗弗（叶分聿反）民莫不穀我獨不卒（興也律律猶烈烈也弗弗猶發發也卒終也言終養也）

蓼莪六章四章章四句二章章八句 晉王裒以父死非罪每讀詩至哀哀父母生我劬勞未嘗不三復流涕受業者為廢此篇詩之感人如此

有饛音蒙簋音軌飧音孫有捄音求棘匕音比周道如砥音紙其直如矢君子所履小人所視叶善止反睠音眷言顧之潸音山焉出涕音體

興也饛滿簋貌飧熟食也捄曲貌棘匕以棘為匕所以載鼎肉而升之於俎也砥礪石言平也矢言直也君子在位履行小人下民也睠反顧也潸涕下貌序以為東國困於役而傷於財譚大夫作此以告病言有饛簋飧則有捄棘匕周道如砥則其直如矢是以君子履之而小人視焉今乃顧之而出涕者則以東方之賦役莫不由是而西輸於周也

小東大東叶都郎反杼音佇柚音逐其空叶枯郎反

糾糾葛屨可以履霜佻佻音挑公子行彼周行叶户郎反既往既來叶六直反使我心疚叶訖力反賦也小東大東東方小大之國也自周視之則諸侯之國皆在東方杼持緯者也柚受經者也空盡也佻輕薄不奈勞苦之貌公子諸侯之貴臣也周行大路也疚病也言東方小大之國杼柚皆已空矣至於以葛屨履霜而其貴戚之臣奔走往來不勝其勞使我心憂而病也

有冽音列氿音軌泉叶才匀反無浸穫薪契契音器寤歎哀我憚丁佐反人薪是穫薪尚可載叶節力反也哀我憚人亦可息也興也冽寒意也側出曰氿泉穫艾也契契憂苦也憚勞也尚庶幾也載載以歸也蘇氏曰薪已穫矣而復漬之則腐民已勞矣而復事之則病故已艾則庶其載而畜之已勞則庶其息而安之

東人之

子職勞不來音賚叶六直反西人之子粲粲衣服叶蒲北反舟人之子熊羆是裘叶渠之反私人之子百僚是試叶申之反賦也東人諸侯之人也職專主也來慰撫也西人京師人也粲粲鮮盛貌舟人舟楫之人也熊羆是裘言富也私人私家皁隸之屬也僚官試用也舟人私人皆西人也此言賦役不均羣小得志也

或以其酒不以其漿鞙鞙音琄佩璲音遂不以其長維天有漢監音鑒亦有光跂彼織女終日七襄賦也鞙鞙長貌璲瑞也漢天河也跂隅貌織女星名在漢旁三星跂然如隅也七襄未詳傳曰反也箋云駕也駕謂更其肆也蓋天有十二次日月所止舍所謂肆也經星一晝一夜左旋一周而有餘則終日之間自卯至酉當更七次也言東人或餽之以酒而西人曾不以為漿東人或

與之以鞙然之佩而西人曾不以為長維天之有漢則庶乎其有以監我而織女之七襄則庶乎其能成文章以報我矣無所赴愬而言維天庶乎其恤我耳　雖則七襄不成報章睆音莞彼牽牛不以服箱東有啓明叶莫郎反西有長庚叶古郎反有捄天畢載施之行音杭　賦也睆明星貌牽牛星名服駕也箱車箱也啓明長庚皆金星也以其先日而出故謂之啓明以其後日而入故謂之長庚蓋金水二星常附日行而或先或後但金大水小故獨以金星為言也天畢畢星也狀如掩兔之畢行行列也　言彼織女不能成報我之章牽牛不可以服我之箱而啓明長庚天畢者亦無實用但施之行列而已至是則知天亦無若我何矣　維南有箕不可以簸波我反揚維北有斗不可以挹音揖酒漿維南有箕載

翕音吸其舌維北有斗西柄之揭音許賦也箕斗二星以夏秋之間見於南方云北斗者以其在箕之北也或曰北斗常見不隱者也翕引也舌下二星也南斗柄固指西若北斗而西柄則亦秋時也言南箕既不可以簸揚糠粃北斗亦不可以挹酌酒漿而箕引其舌反若有所吞噬斗西揭其柄反若有所挹取於東是天非徒無若我何乃亦若助西人而見困甚怨之辭也

大東七章章八句

四月維夏叶後五反六月徂暑先祖匪人胡寧忍予叶演女反興也徂往也四月六月亦以夏正數之建巳建未之月也此亦遭亂自傷之詩言四月維夏則六月徂暑矣我先祖豈非人乎何忍使我遭此禍也無所歸咎之辭也

秋日淒淒百卉具腓亂

離瘼音莫矣爰其適歸興也淒淒涼風也卉草腓病離憂瘼病奚何適之也秋日淒淒則百卉俱腓矣亂離瘼矣則我將何所適歸乎哉冬日烈烈飄風發發民莫不穀我獨何害音曷善也興也烈烈猶栗烈也發發疾貌穀夏則暑秋則病冬則烈言禍亂日進無時而息也山有嘉卉侯栗侯梅叶莫悲反廢為殘賊莫知其尤叶于其反興也嘉善侯維廢變尤過也山有嘉卉則維栗與梅矣在位者變為殘賊則誰之過哉相去聲彼泉水載清載濁叶殊玉反我日構禍曷云能穀興也相視載則構合也相彼泉水猶有時而清有時而濁而我乃日日遭害則曷云能善乎滔滔江漢南國之紀盡瘁以仕寧莫我有叶羽已反興也滔滔大水貌江漢二水

名紀綱紀也謂經帶包絡之也瘁病也有識有也滔滔江漢猶為南國之紀今也盡瘁以仕而王何其不我有哉

匪鶉音團匪鳶音沿叶以句反翰飛戾天叶鐵因反匪鱣音邅匪鮪潛逃于淵叶一均反賦也鶉鵰也鳶亦鷙鳥也其飛上薄雲漢鱣鮪大魚也鶉鳶則能翰飛戾天鱣鮪則能潛逃于淵我非是四者則亦無所逃矣

山有蕨薇隰有杞桋音夷君子作歌維以告哀叶於希反興也杞枸檵也桋赤楝也樹葉細而岐銳皮理錯戾好叢生山中中為車輞山則有蕨薇隰則有杞桋君子作歌則維以告哀而已

四月八章章四句

小旻之什十篇六十五章四百十四句

北山之什二之六

陟彼北山言采其杞偕偕士子（叶奬里反）朝夕從事（叶上止反）王事靡盬憂我父母（叶滿彼反）賦也偕偕强壯皃士子詩人自謂也大夫行役而作此詩自言陟北山而采杞以食者皆强壯之人而朝夕從事者也蓋以王事不可以不勤是以貽我父母之憂耳

溥（音普）天之下（叶後五反）莫非王土率土之濱莫非王臣大夫不均我從事獨賢（叶下珍反）賦也溥大率循濱涯也言土之廣臣之衆而王不均平使我從事獨勞也不斥王而曰大夫不言獨勞而曰獨賢詩人之忠厚如此

四牡彭彭（叶鋪郎反）王事傍傍（音崩叶布光反）嘉我未老鮮我方將旅力方剛經

營四方賦也彭彭然不得息也傍傍然不得已也嘉善鮮少也以為少而難得也將壯也旅與膂同言王之所以使我者善我之未老而方壯旅力可以經營四方爾猶上章之言獨賢也

或燕燕居息或盡瘁事國叶越逼反或息偃在牀或不已于行叶户郎反賦也燕燕安息貌瘁病已止也言役使之不均也下章放此

或不知叫號音毫或慘慘劬勞或棲音西遲偃仰或王事鞅音怏掌賦也不知叫號深居安逸不聞人聲也鞅掌失容也言事煩勞不暇為儀容也

或湛音耽樂飲酒或慘慘畏咎或出入風音諷議叶魚羈反或靡事不為賦也咎猶罪過也出入風議言親信而從容也

北山六章三章章六句三章章四句

無將大車祇音支自塵兮無思百憂祇自疧兮興也將扶進也大車平地任載之車駕牛者也祇適疧病也此亦行役勞苦而憂思者之作言將大車則塵汙之思百憂則病及之也

無將大車維塵冥冥叶莫迥反無思百憂不出于熲音耿興也冥冥昏晦也熲與耿同小明也在憂中耿耿然不能出也

無將大車維塵雝上平二聲兮無思百憂祇自重上平二聲兮興也雝猶蔽也重猶累也

無將大車三章章四句

明明上天照臨下土我征徂西至于艽音求野叶上與反二月

初吉載離寒暑心之憂矣其毒大音泰苦念彼共音恭人涕零如雨豈不懷歸畏此罪罟音古賦也征行徂往也艽野地名蓋遠荒之地也二月亦以夏正數之建卯月也初吉朔日也毒言心中如有藥毒也共人僚友之處者也懷思罟網也大夫以二月西征至於歲暮而未得歸故呼天而訴之復念其僚友之處者且自言其畏罪而不敢歸也

昔我往矣日月方除去聲曷云其還歲聿云莫念我獨兮我事孔庶心之憂矣憚丁佐反我不暇叶胡顧反念彼共人睠睠音眷懷顧豈不懷歸畏此譴怒賦也除除舊生新也謂二月初吉也庶衆憚勞也睠睠勤厚之意譴怒罪責也言昔以是時往今未知何時可還而歲已暮矣蓋身獨而事衆是以勤勞而不暇

也　昔我往矣日月方奥音郁曷云其還政事愈蹙音蹴歲聿云莫采蕭穫菽心之憂矣自詒伊戚叶子六反念彼共人興言出宿豈不懷歸畏此反覆音福　賦也奥煖蹙急詒遺戚憂興起也反覆傾側無常之意也　言以政事愈急是以至此歲暮而猶不得歸又自咎其不能見幾遠去而自遺此憂至於不能安寢而出宿於外也　嗟爾君子無恒安處靖共爾位正直是與神之聽之式穀以女音汝　賦也君子亦指其僚友也恒常也靖與靜同與猶助也穀祿也以猶與也　上章既自傷悼此章又戒其僚友曰嗟爾君子無以安處為常言當有勞時勿懷安也當靖共爾位惟正直之人是助則神之聽之而以穀祿與女矣　嗟爾君子無恒安息

靖共爾位好去聲是正直神之聽之介爾景福叶筆力反

賦也息猶處也好是正直愛此正直之人也介景皆大也

小明五章三章章十二句二章章六句

鼓鍾將將音槍淮水湯湯憂心且傷淑人君子懷允不忘

賦也將將聲也淮水出信陽軍桐柏山至楚州漣水軍入海湯湯沸騰之貌淑善懷思允信也　此詩之義未詳王氏曰幽王鼓鍾淮水之上為流連之樂久而忘反聞者憂傷而思古之君子不能忘也

鼓鍾喈喈音皆叶居奚反淮水湝湝音諧叶賢雞反憂心且悲淑人君子其德不回叶乎為反

賦也喈喈猶將將湝湝猶湯湯悲猶傷也回邪也

鼓鍾伐鼛音高

叶居尤反淮有三洲憂心且妯音抽淑人君子其德不猶賦也鼛大鼓也周禮作臯云臯鼓尋有四尺三洲淮上地蘇氏曰始言湯湯水盛也中言湝湝水流也終言三洲水落而洲見也言幽王之久於淮上也妯動猶若也言不若今王之荒亂也

鼓鐘欽欽鼓瑟鼓琴笙磬同音以雅以南叶尼心反以籥音藥不僭叶七心反賦也欽欽亦聲也磬樂器以石為之琴瑟在堂笙磬在下同音言其和也雅二雅也南二南也籥籥舞也僭亂也言三者皆不僭也蘇氏曰言幽王之不德豈其樂非古歟樂則是而人則非也

鼓鐘四章章五句此詩之義有不可知者今姑釋其訓詁名物而略以王氏蘇氏之說解之未敢信其必然也

楚楚者茨言抽其棘自昔何為我蓺音藝黍稷我黍與與音餘我稷翼翼我倉既盈我庾維億以為酒食以享以祀叶逸織反以妥以侑音又叶夷益反以介景福叶音壁賦也楚楚盛密貌茨蒺藜也抽除也我為有田祿而奉祭祀者之自稱也與與翼翼皆蕃盛貌露積曰庾十萬曰億享獻也妥安坐也禮曰詔妥尸蓋祭祀筮族人之子為尸既奠迎之使處神坐而拜以安之也侑勸也恐尸或未飽祝侑之曰皇尸未實也介大也景亦大也　此詩述公卿有田祿者力於農事以奉其宗廟之祭故言蒺藜之地有抽除其棘者古人何乃為此事乎蓋將使我於此蓺黍稷也故我之黍稷既盛倉庾既實則為酒食以享祀妥侑而介大福也

濟濟上聲蹌蹌音槍絜爾牛羊以往烝嘗或剝或亨音烹叶鋪

郎反或肆或將祝祭于祊音崩叶補光反祀事孔明叶謨郎反先祖是皇神保是饗叶虚良反孝孫有慶叶祛羊反報以介福萬壽無疆

賦也濟濟蹌蹌言有容也冬祭曰烝秋祭曰嘗剝解剝其皮也亨煑熟之也肆陳之也將奉持而進之也祊廟門内也孝子不知神之所在故使祝博求之於門内待賓客之處也孔甚也明猶備也著也皇大也君也保安也神保蓋尸之嘉號楚辭所謂靈保亦以巫降神之稱也孝孫主祭之人也慶猶福也

執爨音竄踖踖音積叶七略反為俎孔碩叶常約反或燔音煩或炙音隻叶陟略反君婦莫莫音麥叶木各反為豆孔庶叶陟略反為賓為客叶克各反獻酬交錯禮儀卒度叶徒洛反笑語卒獲叶黄郭反神保是格叶剛鶴反報以介

福萬壽攸酢賦也爨竈也踖踖敬也俎所以載牲體也碩大也燔燒肉也炙炙肝也皆所以從獻也特牲主人獻尸賓長以肝從主婦獻尸兄弟以燔從是也君婦主婦也莫莫清靜而敬至也豆所以盛內羞庶羞主婦薦之也庶多也賓客筮而戒之使助祭者既獻尸而遂與之相獻酬也主人酌賓曰獻賓飲主人曰酢主人又自飲而復飲賓曰酬賓受之奠於席前而不舉至旅而後少長相勸而交錯以徧也卒盡也度法度也獲得其宜也格來酢報也

我孔熯音善矣式禮莫愆叶起巾反工祝致告徂賚孝孫叶須倫反苾音邲芬孝祀叶逸織反神嗜飲食卜爾百福叶筆力反如幾音機如式既齊既稷既匡既敕永錫爾極時萬時億賦也熯竭也善其事曰工苾芬香也卜予也幾期也春秋傳曰易幾而哭是也式法齊整稷疾

匡正敕戒極至也禮行既久筋力竭矣而式禮莫愆敬之至也於是祝致神意以嘏主人曰爾飲食芳潔故報爾以福禄使其來如幾其多如法爾禮容莊敬故報爾以衆善之極使爾無一事而不得乎此各隨其事而報之以其類也少牢嘏辭曰皇尸命工祝承致多福無疆于女孝孫來女孝孫使女受禄于天宜稼于田眉壽萬年勿替引之此大夫之禮也

禮儀既備叶蒲北反鐘鼓既戒叶訖力反孝孫徂位叶力入反工祝致告叶古得反神具醉止皇尸載起鼓鐘送尸神保聿歸諸宰君婦廢徹不遲諸父兄弟備言燕私叶息夷反

賦也戒告也徂位祭事既畢主人往阼階下西面之位也致告祝傳尸意告利成於主人言孝子之利養成畢也於是神醉而尸起送尸而神歸矣曰皇尸者尊稱之也鼓鐘者尸出入奏肆夏也鬼神無形言

其醉而歸者誠敬之至如見之也諸宰家宰非一人之稱也廢去也不遲以疾為敬亦不留神惠之意也祭畢既歸賓客之俎同姓則留與之燕以盡私恩所以尊賓客親骨肉也

樂具入奏音族以綏後祿爾殽既將莫怨具慶叶祛羊反既醉既飽叶補苟反小大稽首神嗜飲食使君壽考叶去九反孔惠孔時維其盡叶子忍反之子子孫孫勿替引之

賦也凡廟之制前廟以奉神後寢以藏衣冠祭於廟而燕於寢故於此將燕而祭時之樂皆入奏於寢也且於祭既受祿矣故以燕為將受後祿而綏之也爾殽既進與燕之人無有怨者而皆歡慶醉飽稽首而言曰向者之祭神既嗜君之飲食矣是以使君壽考也又言君之祭祀甚順甚時無所不盡子子孫孫當不廢而引長之也

楚茨六章章十二句吕氏曰楚茨極言祭祀所以事神受福之節致詳致備所以推明先王致力於民者盡則致力於神者詳觀其威儀之盛物品之豐所以交神明逮羣下至於受福無疆者非德盛政脩何以致之

信彼南山維禹甸音殿叶徒鄰反之畇畇音勻原隰曾孫田叶地因反之我疆我理南東其畝叶滿彼反賦也南山終南山也甸治也畇畇墾辟貌曾孫主祭者之稱曾重也自曾祖以至無窮皆得稱之也疆者為之大界也理者定其溝塗也畝壟也長樂劉氏曰其遂東入於溝則其畝南矣其遂南入於溝則其畝東矣此詩大指與楚茨略同此即其篇首四句之意也言信乎此南山者本禹之所治故其原隰墾闢而我得田之於是為之疆理而順其地勢水勢之所宜或南其畝

或東其畝也

上天同雲雨去聲雪雰雰益之以霢音麥霂音木既優既渥叶烏谷反既霑既足生我百穀賦也同雲雲一色也將雪之候如此雰雰雪貌霢霂小雨貌優渥霑足皆饒洽之意也冬有積雪春而益之以小雨潤澤則饒洽矣

疆埸音亦翼翼黍稷彧彧音郁叶于逼反曾孫之穡以為酒食畀音秘我尸賓壽考萬年叶尼因反賦也埸畔也翼翼整飭貌彧彧茂盛貌畀與也言其田整飭而穀茂盛者皆曾孫之穡也於是以為酒食而獻之於尸及賓客也陰陽和萬物遂而人心懽悅以奉宗廟則神降之福故壽考萬年也

中田有廬疆埸音亦有瓜叶公乎反是剝是菹側居反獻之皇祖曾孫壽考叶孔五反受天之祜音戶賦也中田田中也菹酢

菜也祜福也一井之田其中百畝為公田內以二十畝分八家為廬舍以便田事於畔上種瓜以盡地利瓜成剥削淹漬以為葅而獻皇祖貴四時之異物順孝子之心也

祭以清酒從以騂音觪牡享于祖考叶去久反執其鸞刀以啓其毛取其血膋音聊叶音勞

賦也清酒清潔之酒鬱鬯之屬也騂赤色周所尚也祭禮先以鬱鬯灌地求神於陰然後迎牲執者主人親執也鸞刀刀有鈴也膋脂膏也啓其毛以告純也取其血以告殺也取其膋以升臭也合之黍稷實之於蕭而燔之以求神於陽也記曰周人尚臭灌用鬯臭鬱合鬯臭陰達於淵泉灌以圭璋用玉氣也既灌然後迎牲致陰氣也蕭合黍稷臭陽達於牆屋故既奠然後焫蕭合羶薌凡祭慎諸此魂氣歸於天形魄歸於地故祭求諸陰陽之義也

是烝是享叶虛良反苾苾芬芬祀事孔明叶謨郎反先

祖是皇報以介福萬壽無疆賦也烝進也或曰冬祭名

信南山六章章六句

倬音卓彼甫田叶地因反歲取十千叶倉新反我取其陳食音嗣我農人自古有年叶泥因反今適南畝叶滿彼反或耘或耔音子叶獎里反黍稷薿薿音蟻攸介攸止烝我髦音毛士賦也倬明貌甫大也十千謂一成之田地方十里為田九萬畝而以其萬畝為公田蓋九一之法也我食祿主祭之人也陳舊粟也農人私百畝而養公田者也有年豐年也適往也耘除草也耔雝本也蓋后稷為田一畝三畎廣尺深尺而播種於其中苗葉以上稍耨壟草因壝其土以附苗根壟盡畎平則根深而能風與旱也薿茂盛貌介大烝進髦俊也俊士秀民也古

者士出於農而工商不與焉管仲曰農之子恒為農野處而不暱其秀民之能為士者必足賴也即謂此也此詩述公卿有田祿者力於農事以奉方社田祖之祭故言於此大田歲取萬畝之入以為祿食及其積之久而有餘則又存其新而散其舊以食農人補不足助不給也蓋以自古有年是以陳陳相因所積如此然其用之之節又合宜而有序如此所以粟雖甚多而無紅腐不可食之患也又言自古既有年矣今適南畝農人方且或耘或耔而其黍稷又已茂盛則是又將復有年矣故於其所美大止息之處進我髦士而勞之也

以我齊音咨明叶謨郎反與我犧羊以社以方我田既臧農夫之慶叶祛羊反琴瑟擊鼓以御牙嫁反田祖以祈甘雨以介我稷黍以穀我士女賦也齊與粢同曲禮曰稷曰明粢此言齊明便文以協韻耳犧羊純色之

羊也社后土也以句龍氏配方秋祭四方報成萬物周禮所謂羅獘獻禽以祀祊是也臧善慶福御迎也田祖先嗇也謂始耕田者即神農也周禮籥章凡國祈年於田祖則吹豳雅擊土鼓以樂田畯是也穀養也又曰善也言倉廩實而知禮節也言奉其齊盛犧牲以祭方社而曰我田之所以善者非我之所能致也乃賴農夫之福而致之耳又作樂以祭田祖而祈雨庶有以大其稷黍而養其民人也

曾孫來止以其婦子叶獎里反饁音曄彼南畝叶滿彼反田畯音俊至喜攘音穰其左右叶羽已反嘗其旨否叶補美反禾易長畝終善且有叶羽已反曾孫不怒農夫克敏叶母鄙反

賦也曾孫主祭者之稱非獨宗廟為然曲禮外事曰曾孫某侯某武王禱名山大川曰有道曾孫周王發是也饁餉攘取旨美易治長竟有多敏疾也　曾孫之來適見農夫之

婦子來饁耘者於是與之偕至其所而田畯亦至而喜之乃取其左右之饋而嘗其旨否言其上下相親之甚也既又見其禾之易治竟畝如一而知其終當善而且多是以曾孫不怒而其農夫益以敏於其事也

曾孫之稼如茨如梁曾孫之庾如坻音池如京叶居良反乃求千斯倉乃求萬斯箱黍稷稻梁農夫之慶叶祛羊反報以介福萬壽無疆賦也茨屋蓋言其密比也梁車梁言其穹隆也坻水中之高地也京高丘也箱車箱也此言收成之後禾稼既多則求倉以處之求車以載之而言凡此黍稷稻梁皆賴農夫之慶而得之是宜報以大福使之萬壽無疆也其歸美於下而欲厚報之如此

甫田四章章十句

大田多稼既種上聲既戒既備乃事叶上止反以我覃音剡耜叶養里反俶載南畝叶滿彼反播厥百穀叶工洛反既庭且碩叶常約反曾孫是若賦也種擇其種也戒飭其具也覃利俶始載事庭直碩大若順也蘇氏曰田大而種多故於今歲之冬具來歲之種戒來歲之事凡既備矣然後事之取其利耜而始事於南畝既耕而播之其耕之也勤而種之也時故其生者皆直而大以順曾孫之所欲此詩為農夫之辭以頌美其上若以答前篇之意也

既方既皁叶子苟反既堅既好叶許苟反不稂音郎不莠音酉去上聲其螟音冥螣音特及其蟊賊無害我田穉音稚田祖有神秉畀炎火叶虎委反賦也方房也謂孚甲始生而未合時也實未堅者曰皁稂童粱莠似苗皆害苗之草也食心曰螟

食葉曰螣食根曰蟊食節曰賊皆害苗之蟲也稺幼禾也言其苗既盛矣又必去此四蟲然後可以無害田中之禾然非人力所及也故願田祖之神為我持此四蟲而付之炎火之中也姚崇遣使捕蝗引此為證夜中設火火邊掘坑且焚且瘞蓋古之遺法如此

有渰音掩萋萋音妻興雨祁祁雨我公田遂及我私叶息夷反彼有不穫穉此有不斂穧音嚌彼有遺秉此有滯穗伊寡婦之利

賦也渰雲興貌萋萋盛貌祁祁徐也雲欲盛盛則多雨雨欲徐徐則入土公田者方里而井井九百畝其中為公田八家皆私百畝而同養公田也穧束秉把也滯亦遺棄之意也　言農夫之心先公後私故望此雲雨而曰天其雨我公田而遂及我之私田乎冀怙君德而蒙其餘惠使收成之際彼有不及穫之穉禾此有不及斂之穧束彼有遺棄之禾把此有滯漏之禾穗而

寡婦尚得取之以為利也此見其豐成有餘而不盡取又與鰥寡共之既足以為不費之惠而亦不棄於地也不然則粒米狼戾不殆於輕視天物而慢棄之乎

曾孫來止以其婦子饁彼南畝田畯至喜來方禋音因祀叶逸識反以其騂黑與其黍稷以享以祀同上以介景福叶筆力反

賦也精意以享謂之禋農夫相告曰曾孫來矣於是與其婦子饁彼南畝之穫者而田畯亦至而喜之也曾孫之來又禋祀四方之神而賽禱焉四方各用其方色之牲此言騂黑舉南北以見其餘也以介景福農夫欲曾孫之受福也

大田四章二章章八句二章章九句前篇有擊鼓以御田祖之文故或疑此楚茨信南山甫田大田四篇即為豳雅其詳見於豳風之末亦未知其是否也然前篇

上之人以我田既臧為農夫之慶而欲報之以介福此篇農夫以雨我公田遂及我私而欲其享祀以介景福上下之情所以相賴而相報者如此非盛德其孰能之

瞻彼洛矣維水泱泱音秧君子至止福禄如茨韎音昧韐音閤有奭音赩以作六師賦也洛水名在東都會諸侯之處也泱泱深廣也君子指天子也茨積也韎茅蒐所染色也韐韠也合韋為之周官所謂韋弁兵事之服也奭赤貌作猶起也六師六軍也天子六軍此天子會諸侯於東都以講武事而諸侯美天子之詩言天子至此洛水之上御戎服而起六師也

瞻彼洛矣維水泱泱君子至止鞞補頂反琫音菶有珌音必君子萬年保其家室賦也鞞容刀之鞞今刀鞘也琫上飾珌下飾亦戎服也

瞻彼洛

矣維水決決君子至止福禄旣同君子萬年保其家邦叶卜工反○賦也同猶聚也

瞻彼洛矣三章章六句

裳裳者華其葉湑上聲兮我覯之子我心寫叶想與反兮我心寫兮是以有譽處兮興也裳裳猶堂堂董氏曰古本作常常棣也湑盛貌覯見處安也○此天子美諸侯之辭蓋以荅瞻彼洛矣也言裳裳者華則其葉湑然而美盛矣我覯之子則其心傾寫而悅樂之矣夫能使見者悅樂之如此則其有譽處宜矣此章與蓼蕭首章文勢全相似

裳裳者華芸其黄矣我覯之子維其有章矣維其有章矣是以有

慶叶虛羊反矣興也芸黃盛也章文章也有文章斯有福慶矣裳裳者華或黃或白叶僕各反我覯之子乘其四駱乘其四駱六轡沃若興也言其車馬威儀之盛左叶祖戈反之左同上之君子宜叶牛何反之右叶羽已反之右同上之君子有叶羽已反之維其有同上之是以似叶養里反之賦也言其才全德備以左之則無所不宜以右之則無所不有維其有之於內是以形之於外者無不似其所有也

裳裳者華四章章六句

北山之什十篇四十六章三百三十四句

桑扈之什二之七

交交桑扈音戶有鶯其羽君子樂音洛胥叶思呂反受天之祜音戶

興也交交飛往來之貌桑扈竊脂也鶯然有文章也君子指諸侯胥語辭祜福也　此亦天子燕諸侯之詩言交交桑扈則有鶯其羽矣君子樂胥則受天之祜矣頌禱之辭也

交交桑扈有鶯其領君子樂胥萬邦之屏音丙

興也領頸屏蔽也言其能為小國之藩衛蓋任方伯連帥之職者也

之屏之翰叶胡見反百辟音璧為憲不戢音緝不難叶乃多反受福不那

賦也翰幹也所以當牆兩邊障土者也辟君憲法也言其所統之諸侯皆以之為法也戢斂難慎那多也不戢戢也不難難也不那那也蓋曰豈不斂乎豈不慎乎其受福豈不多乎古語聲急而然也後放此

兕觥其觩音求旨酒思柔彼交匪敖去聲萬福來

求賦也兕觥爵也觩角上曲貌旨美也思語辭也敖傲通交際之間無所傲慢則我無事於求福而福反來求我矣

桑扈四章章四句

鴛鴦于飛畢之羅之君子萬年福祿宜叶牛何反之興也鴛鴦匹鳥也畢小罔長柄者也羅罔也君子指天子也此諸侯所以答桑扈也鴛鴦于飛則畢之羅之矣君子萬年則福祿宜之矣亦頌禱之辭也　鴛鴦在梁戢其左翼君子萬年宜其遐福叶筆力反　興也石絕水為梁戢斂也張子曰禽鳥並棲一正一倒戢其左翼以相依於內舒其右翼以防患於外蓋左不用而右便故也遐遠也久也　乘去聲馬在廄音救摧音剉之秣

(音末叶莫佩反)之君子萬年福禄艾(叶魚肺反)之(興也摧莝秣粟艾養也蘇氏曰艾老也言以福禄終其身也亦通　乘馬在廏則摧之秣之矣君子萬年則福禄艾之矣)乘馬在廏秣之摧(叶如字又音剉)之君子萬年福禄綏(叶如字又土果反)之(興也綏安也)

鴛鴦四章章四句

有頍(音跬)者弁實維伊何爾酒既旨爾殽既嘉(叶居何反)豈伊異人兄弟匪他(音拖)蔦(音鳥)與女蘿(音羅)施(音異)于松柏(叶逋莫反)未見君子憂心奕奕(叶弋灼反)既見君子庶幾説(音悦)懌(叶弋灼反)賦

兄弟甥舅如彼雨(去聲)雪先集維霰(音線)死喪(去聲)無日無幾(音已)相見樂酒今夕君子維宴(賦而興又比也阜猶多也甥舅謂母姑姊妹妻族也霰雪之始凝者也將大雨雪必先微溫雪自上下遇溫氣而摶謂之霰久而寒勝則大雪矣言霰集則將雪之候以比老至則將死之微也故卒言死喪無日不能久相見矣但當樂飲以盡今夕之歡篤親親之意也)

頍弁三章章十二句

閒關車之舝兮思孌(音臠)季女逝兮匪飢匪渴德音來括雖無好友(叶羽已反)式燕且喜(賦也閒關設舝聲也舝車軸頭鐵也無事則脫行則設之昏禮親迎者乘車孌美貌逝往括會也此燕樂其新昏之詩故言閒關然設此車舝者蓋思彼孌然之季女

故乘此車往而迎之也匪飢也匪渴也望其德音來括而心如飢渴耳雖無他人亦當燕飲以相喜樂也

依彼平林有集維鷮音驕辰彼碩女令德來教叶居文反式燕且譽好去聲爾無射音亦叶都故反興也依茂木貌鷮雉也微小於翟走而且鳴其尾長肉甚美辰時碩大也爾即季女也射厭也依彼平林則有集維鷮辰彼碩女則以令德來配已而教誨之是以式燕且譽而悅慕之無厭也

雖無旨酒式飲庶幾雖無嘉殽式食庶幾雖無德與女音汝式歌且舞賦也旨嘉皆美也女亦指季女也言我雖無旨酒嘉殽美德以與女女亦當飲食歌舞以相樂也

陟彼高岡析音錫其柞音昨薪叶音襄析其柞薪其葉湑上聲兮鮮我覯爾我心寫叶想羽反兮

興也。陟，登。柞，櫟。湑，盛。鮮，少。覯，見也。陟岡而析薪則其葉湑兮矣，我得見爾則我心寫兮矣。

高山仰止（叶五剛反），景行行止（叶戶郎反）。四牡騑騑（音霏），六轡如琴。覯爾新昏，以慰我心。

興也。仰，瞻望也。景行，大道也。如琴，謂六轡調和如琴瑟也。慰，安也。高山則可仰，景行則可行，馬服御良則可以迎季女而慰我心也。此又舉其始終而言也。表記曰：小雅曰「高山仰止，景行行止」。子曰：詩之好仁如此。鄉道而行，中道而廢，忘身之老也，不知年數之不足也，俛焉日有孳孳，斃而後已。

車舝五章，章六句。

營營青蠅，止于樊（音煩，叶汾乾反）。豈弟君子，無信讒言。

比也。營營，往來飛聲，亂人聽也。青蠅，汙穢能變白黑。樊，藩也。君子，謂王也。詩人以王好聽讒言，故以青蠅飛聲比之而戒王以勿聽也營營青蠅止于棘讒人罔極交亂四國叶越逼反興也棘所以為藩也極猶已也營營青蠅止于榛讒人罔極構音姤我二人興也構合也猶交亂也已與聽者為二人

青蠅三章章四句

賔之初筵左右秩秩籩豆有楚殽核維旅酒既和旨飲酒孔偕音皆叶舉里反鐘鼓既設叶書質反舉醻音酬逸逸大侯既抗叶居郎反弓矢斯張射夫既同獻爾發功發彼有的叶丁藥反以祈爾爵賦也初筵初即席也左右筵之左右也秩秩有序也楚列貌殽豆實也核籩實也旅陳也和旨

調美也孔甚也偕齊一也設宿設而又遷于下也大射樂人宿縣厥明將射乃遷樂于下以避射位是也舉醻舉所奠之醻爵也逸逸往來有序也大侯君侯也天子熊侯白質諸侯麋侯赤質大夫布侯畫以虎豹士布侯畫以鹿豕天子侯身一丈其中三分居一白質畫熊其外則丹地畫以雲氣抗張也凡射張侯而不繫左下綱中掩東之至將射司馬命張侯弟子脫東遂繫下綱也大侯張而弓矢亦張節也射夫既同比其耦也射禮選羣臣為三耦三耦之外其餘各自取匹謂之衆耦獻猶奏也發發矢也的質也祈求也爵射不中者飲豐上之觶也衛武公飲酒悔過而作此詩此章言因射而飲者初筵禮儀之盛酒既調美而飲者齊一至於設鐘鼓舉醻爵抗大侯張弓矢而衆耦拾發各心競云我以此求爵汝也

籥舞笙鼓樂既和奏叶宗五反烝衎音看烈祖以洽百禮百禮既至有壬有林錫

爾純嘏子孫其湛音耽叶持林反其湛曰樂音洛各奏爾能叶奴金反

賓載手仇音拘叶音求其室人入又叶音由怡酌彼康爵以奏爾時

叶音疇賦也籥舞文舞也烝進衎樂烈業洽合也百禮言其備也壬大林盛也言禮之盛大也錫神錫之也爾主祭者也嘏福湛樂也各奏爾能謂子孫各酌獻尸尸酢而卒爵也仇讀曰𣪠室人有室中之事者謂佐食也又復也賓手把酒室人復酌為加爵也康安也酒所以安體也或曰康讀曰抗記曰崇坫康圭此亦謂坫上之爵也時時祭也蘇氏曰時物也此言因祭而飲者始時禮樂之盛如此也

賓之初筵溫溫其恭其未醉止威儀反反叶分邅反曰既醉止威儀幡幡叶分邅反舍音捨其坐遷屢舞僊僊其未醉止威儀抑抑曰既

醉止威儀怭怭音弼是曰既醉不知其秩賦也反反顧禮也幡幡輕數也遷徙屢數也僊僊軒舉之狀抑抑慎密也怭怭媟嫚也秩常也此言凡飲酒者常始乎治而卒乎亂也

賓既醉止載號音毫載呶音鐃亂我籩豆屢舞僛僛音欺是曰既醉不知其郵叶于其反側弁之俄屢舞傞傞音娑既醉而出並受其福叶筆力反醉而不出是謂伐德飲酒孔嘉叶居何反維其令儀叶牛何反賦也號呼呶讙也僛僛傾側之狀郵與尤同過也側傾也俄傾貌傞傞不止也出去伐害孔甚令善也此章極言醉者之狀因言賓醉而出則與主人俱有美譽醉至若此是害其德也飲酒之所以甚美者以其有令儀爾今若此則無復有儀矣

凡此飲酒或醉或否

叶補美反既立之監或佐之史彼醉不臧不醉反恥式勿從謂無俾大音泰怠叶養里反匪言勿言匪由勿語由醉之言俾出童羖音古三爵不識叶音失志矧敢多又叶夷益夷豉二反

賦也監史司正之屬燕禮鄉射恐有解倦失禮者立司正以監之察儀法也謂告由從也童羖無角之羖羊必無之物也識記也言飲酒者或醉或不醉故既立監而佐之以史則彼醉者所為不善而不自知使不醉者反為之羞愧也安得從而告之使勿至於大怠乎告之若曰所不當言者勿言所不當從者勿語醉而妄言則將罰汝使出童羖矣設言必無之物以恐之也汝飲至三爵已昏然無所記矣況敢又多飲乎又丁寧以戒之

賓之初筵五章章十四句毛氏序曰衞武公刺幽王也韓氏序曰衞武公

飲酒悔過也今按此詩意與大雅抑戒相類必武公自悔之作當從韓義

魚在在藻有頒音焚其首王在在鎬豈音愷樂音洛飲酒 興也藻水草也頒大首貌豈亦樂也 此天子燕諸侯而諸侯美天子之詩也言魚何在乎在乎藻也則有頒其首矣王何在乎在乎鎬京也則豈樂飲酒矣

魚在在藻有莘其尾王在在鎬飲酒樂豈叶去幾反 興也莘長也

魚在在藻依于其蒲王在在鎬有那其居 興也那安居處也

魚藻三章章四句

采菽采菽筐音匡之筥音舉之君子來朝音潮何錫予音與之雖

無予之路車乘去聲馬叶滿補反又何予之玄袞及黼音甫興也菽大豆也君子諸侯也路車金路以賜同姓象路以賜異姓也玄袞玄衣而畫以卷龍也黼如斧形刺之於裳也周制諸公袞冕九章已見九罭篇侯伯鷩冕七章則自華蟲以下子男毳冕五章衣自宗彝以下而裳黼黻孤卿絺冕三章則衣粉米而裳黼黻大夫玄冕則玄衣黻裳而已此天子所以答魚藻也采菽采菽則必以筐筥盛之君子來朝則必有以錫予之又言今雖無以予之然已有路車乘馬玄袞及黼之賜矣其言如此者好之無已意猶以為薄也

觱音必沸音弗檻胡覽反泉叶才勻反言采其芹音勤君子來朝言觀其旂音祈叶巨斤反其旂淠淠音譬鸞聲嘒嘒載驂載駟君子所屆叶居氣反興也觱沸泉出貌檻泉正出也芹水草可食淠淠動貌嘒嘒

聲也屆至也觱沸檻泉則言采其芹諸侯來朝則言觀其旂見其旂聞其鸞聲又見其馬則知君子之至於是也

赤芾音弗在股邪幅在下叶後五反彼交匪紓音舒叶上與反天子所予音與樂音洛只音止君子天子命叶彌并反之樂只君子福祿申之賦也脛本曰股邪幅偪也邪纏於足如今行縢所以束脛在股下也交交際也紓緩也言諸侯服此芾偪見於天子恭敬齊遬不敢紓緩則為天子所與而申之以福祿也

維柞之枝其葉蓬蓬樂只君子殿多見反天子之邦叶上工反樂只君子萬福攸同平平音楩左右亦是率從興也柞見車舝篇蓬蓬盛貌殿鎮也平平辯治也左右諸侯之臣也率循也維柞之枝則其葉蓬蓬然樂只君子則宜殿天子之邦而為萬福之所聚又言

其左右之臣亦從之而至此也

汎汎芳劒反楊舟紼音弗纚音黎維之樂只君子天子葵之樂只君子福禄膍音琵之優哉游哉亦是戾叶郎之反矣興也紼繂也纚維皆繫也言以大索纚其舟而繫之也葵揆也揆猶度也膍厚戾至也汎汎楊舟則必以紼纚維之樂只君子則天子必葵之福禄必膍之於是又歎其優游而至於此也

采菽五章章八句

騂騂音觲角弓翩音篇其反叶分邅反矣兄弟昏姻無胥遠叶於圓反矣興也騂騂弓調和貌角弓以角飾弓也翩反貌弓之為物張之則內向而來弛之則外反而去有似兄弟昏姻親疎遠近之意胥相也　此刺王不親九族而好讒佞使宗族相怨之詩言騂騂角弓既翩然而反矣兄

弟昏姻則豈可以相遠哉

爾之遠同前矣民胥然矣爾之教矣民胥傚矣賦也爾王也上之所為下必有甚者

此令兄弟綽綽有裕預與二音不令兄弟交相為瘉同上賦也令善綽寬裕饒瘉病也言雖王化之不善然此善兄弟則綽綽有裕而不變彼不善之兄弟則由此而交相病矣蓋指讒己之人而言也

民之無良相怨一方受爵不讓叶如羊反至于己斯亡賦也一方彼一方也相怨者各據其一方耳若以責人之心責己愛己之心愛人使彼己之間交見而無蔽則豈有相怨者哉況兄弟相怨相讒以取爵位而不知遜讓終亦必亡而已矣

老馬反為駒叶去聲不顧其後叶下故反如食音嗣宜饇音飫如酌孔取叶音娶比也饇飽孔甚也言其但知讒害人以

取爵位而不知其不勝任如老馬憊矣而反自以爲駒不顧其後將有不勝任之患也又如食之已多而宜飽矣酌之所取亦已甚矣

毋教猱升木如塗塗附君子有徽猷小人與屬音蜀叶殊遇反比也猱獮猴也性善升木不待教而能也塗泥附著徽美猷道屬附也言小人骨肉之恩本薄王又好讒佞以來之是猶教猱升木又如於泥塗之上加以泥塗附之也苟王有美道則小人將反爲善以附之不至於如此矣

雨去聲雪瀌瀌音標見晛音現曰消莫肯下去聲遺式居婁音慮驕比也瀌瀌盛貌晛日氣也張子曰讒言遇明者當自止而王甘信之不肯貶下而遺棄之更益以長慢也

雨雪浮浮見晛曰流如蠻如髦叶莫侯反我是用憂比也浮浮猶瀌瀌也流流而去也蠻南蠻也髦夷髦也書作髳言其無禮義而

相殘賊也

角弓八章章四句

有菀音鬱者柳不尚息焉上帝甚蹈無自暱焉俾予靖之後予極焉比也柳茂木也尚庶幾也上帝指王也蹈當作神言威靈可畏也暱近也靖定也極求之盡也王者暴虐諸侯不朝而作此詩言彼有菀然茂盛之柳行路之人豈不庶幾欲就止息乎以比人誰不欲朝事王者而王甚威神使人畏之而不敢近耳使我朝而事之以靖王室後必將極其所欲以求於我蓋諸侯皆不朝而已獨至則王必責之無已如齊威王朝周而後反為所辱也或曰興也下章放此

有菀者柳不尚愒音器焉上帝甚蹈無自瘵音債叶子例反焉俾予靖

之後予邁叶力制反焉比也愒息瘵病也邁過也求之過其分也　有鳥高飛亦傅音附于天叶鐵因反彼人之心于何其臻曷予靖之居以凶矜興也傅臻皆至也彼人斥王也居猶徒然也凶矜遭凶禍而可憐也鳥之高飛極至于天耳彼王之心於何所極乎言其貪縱無極求責無已人不知其所至也如此則豈予能靖之乎乃徒然自取凶矜耳

菀柳三章章六句

桑扈之什十篇四十三章二百八十二句

都人士之什二之八

彼都人士狐裘黄黄其容不改出言有章行歸于周萬

民所望叶音亡○賦也都王都也黃黃狐裘色也不改有常也章文章也周鎬京也亂離之後人不復見昔日都邑之盛人物儀容之美而作此詩以歎惜之也

彼都人士臺笠緇撮叶祖悅反彼君子女綢直如髮叶方月反我不見兮我心不說音悅○賦也臺夫須也緇撮緇布冠也其制小僅可撮其髻也君子女都人貴家之女也綢直如髮未詳其義然以四章五章推之亦言其髮之美耳

彼都人士充耳琇音秀實彼君子女謂之尹吉我不見兮我心苑音鬱結叶繳質反○賦也琇美石也以美石為瑱尹吉未詳鄭氏曰吉讀為姞尹氏姞氏周之昏姻舊姓也人見都人之女咸謂尹氏姞氏之女言其有禮法也李氏曰所謂尹吉猶言王謝唐言崔盧也苑猶屈也積也

彼都人士垂帶而厲

叶落蓋反彼君子女卷音權髮如蠆音瘥我不見兮言從之邁賦也厲垂帶之貌卷髮鬢旁短髮不可斂者曲上卷然以為飾也蠆螫蟲也尾末揵然似髮之曲上者邁行也蓋曰是不可得見也得見則我從之邁矣思之甚也

匪伊垂之帶則有餘匪伊卷之髮則有旟我不見兮云何盱音吁矣賦也旟揚也盱望也說見何人斯篇此言士之帶非故垂之也帶自有餘耳女之髮非故卷之也髮自有旟耳言其自然閒美不假脩飾也然不可得而見矣則如何而不望之乎

都人士五章章六句

終朝采綠不盈一匊音菊予髮曲局薄言歸沐賦也自旦及食時為

終朝綠王芻也兩手曰匊局卷也猶言首如飛蓬也婦人思其君子而言終朝采綠而不盈一匊者思念之深不專於事也又念其髮之曲局於是舍之而歸沐以待其君子之還也

終朝采藍不盈一襜尺占反叶都甘反五日為期六日不詹音占叶多甘反賦也藍染草也衣蔽前謂之襜即蔽膝也詹與瞻同五日為期去時之約也六日不詹過期而不見也

之子于狩音獸言韔音暢其弓叶姑弘反之子于釣言綸之繩賦也之子謂其君子也理絲曰綸言君子若歸而欲往狩耶我則為之韔其弓欲往釣耶我則為之綸其繩望之切思之深欲無往而不與之俱也

其釣維何維魴音房及鱮音敘叶音湑維魴及鱮薄言觀者叶掌與反賦也於其釣而有獲也又將從而觀之亦上章之意也

采綠四章章四句

芃芃音蓬黍苗陰雨膏去聲之悠悠南行召伯勞去聲之興也芃芃長大貌悠悠遠行之意　宣王封申伯於謝命召穆公往營城邑故將徒役南行而行者作此言芃芃黍苗則唯陰雨能膏之悠悠南行則唯召伯能勞之也　我任音壬我輦我車我牛叶魚其反我行既集蓋云歸哉叶將黎反　賦也任負任者也輦人輓車也牛所以駕大車也集成也營謝之役既成而歸也　我徒我御我師我旅我行既集蓋云歸處賦也徒步行者御乘車者五百人為旅五旅為師春秋傳曰君行師從卿行旅從　肅肅謝功召伯營之烈烈征師召伯成之賦也肅肅嚴正之貌謝邑名申伯所封國

也今在鄧州信陽軍功工役之事也營治也烈烈威武貌征行也原隰既平泉流既清召伯有成王心則寧賦也土治曰平水治曰清言召伯營謝邑相其原隰之宜通其水泉之利此功既成宣王之心則安也

黍苗五章章四句此宣王時詩與大雅崧高相表裏

隰桑有阿其葉有難音那既見君子其樂音洛如何興也隰下濕之處宜桑者也阿美貌難盛貌皆言枝葉條垂之狀此喜見君子之詩言隰桑有阿則其葉有難矣既見君子則其樂如何哉辭意大槩與菁莪相類然所謂君子則不知其何所指矣或曰比也下章放此隰桑有阿其葉有沃叶鬱縛反既見君子云何不樂興也沃光澤貌隰

桑有阿其葉有幽叶於交反既見君子德音孔膠音交興也幽黑色也膠固也

心乎愛叶許既反矣遐不謂矣中心藏之何日忘之賦也遐與何同表記作瑕鄭氏註曰瑕之言胡也謂猶告也言我中心誠愛君子而既見之則何不遂以告之而但中心藏之將使何日而忘之耶楚辭所謂思公子兮未敢言意蓋如此愛之根於中者深故發之遲而存之久也

隰桑四章章四句

白華音花菅音姦兮白茅束兮之子之遠俾我獨兮比也白華野菅也已漚為菅之子斥幽王也俾使也我申后自我也幽王娶申女以為后又得襃姒而黜申后故申后作此

詩言白華為菅則白茅為束二物至微猶必相須為用何之子之遠而俾我獨耶

英英白雲露彼菅茅叶莫侯反天步艱難之子不猶比也英英輕明之貌白雲水土輕清之氣當夜而上騰者也露即其散而下降者也步行也天步猶言時運也猶圖也或曰猶如也言雲之澤物無微不被今時運艱難而之子不圖不如白雲之露菅茅也

滮池北流浸彼稻田叶地因反嘯歌傷懷念彼碩人比也滮流貌北流豐鎬之間水多北流碩人尊大之稱亦謂幽王也言小水微流尚能浸灌王之尊大而反不能通其寵澤所以使我嘯歌傷懷而念之也

樵彼桑薪卬音昂烘于煁音忱維彼碩人實勞我心比也樵采也桑薪薪之善者也卬我烘燎也煁無釜之竈可燎而不可烹飪者也桑薪宜以烹飪而但為燎燭以比嫡

后之尊而反見卑賤也

鼓鐘于宮聲聞音問于外念子懆懆音慥視我邁邁比也懆懆憂貌邁邁不顧也鼓鐘于宮則聲聞于外矣念子懆懆而反視我邁邁何哉

有鶖音秋在梁有鶴在林維彼碩人實勞我心比也鶖禿鶖也梁魚梁也蘇氏曰鶖鶴皆以魚為食然鶴之於鶖清濁則有間矣今鶖在梁而鶴在林鶖則飽而鶴則飢矣幽王進褒姒而黜申后譬之養鶖而棄鶴也

鴛鴦在梁戢其左翼之子無良二三其德比也戢其左翼言不失其常也良善也二三其德則鴛鴦之不如也

有扁音辯斯石履之卑兮之子之遠俾我疧音疧叶喬移反兮比也扁卑貌俾使疧病也有扁然而卑之石則履之者亦卑矣如妾之賤則寵之者亦賤矣是以之子之遠而俾我疧也

白華八章章四句

緜蠻黃鳥止于丘阿道之云遠我勞如何飲去聲之食音嗣之教之誨之命彼後車謂之載之比也緜蠻鳥聲阿曲阿也後車副車也此微賤勞苦而思有所託者為鳥言以自比也蓋曰緜蠻之黃鳥自言止于丘阿而不能前蓋道遠而勞甚矣當是時也有能飲之食之教之誨之又命後車以載之者乎

緜蠻黃鳥止于丘隅豈敢憚行畏不能趨飲之食之教之誨之命彼後車謂之載之比也隅角憚畏也趨疾行也

緜蠻黃鳥止于丘側豈敢憚行畏不能極飲之食之教之誨之命彼後車謂之載之

比也側旁極至也國語云齊朝駕則夕極于魯國

緜蠻三章章八句

幡幡音翻瓠葉采之亨叶鋪郎反之君子有酒酌言嘗之賦也幡幡瓠葉貌此亦燕飲之詩言幡幡瓠葉采之亨之至薄也然君子有酒則亦以是酌而嘗之蓋述主人之謙辭言物雖薄而必與賓客共之也

有兔斯首炮音庖之燔音煩叶汾乾反之君子有酒酌言獻叶虛言反之賦也有兔斯首一兔也猶數魚以尾也毛曰炮加火曰燔亦薄物也獻獻之於賓也

有兔斯首燔之炙音隻叶陟略反之君子有酒酌言酢之賦也炕火曰炙謂以物貫之而舉於火上以炙之酢報也賓既卒爵而酌主人也

有兔

斯首燔之炮叶蒲侯反之君子有酒酌言醻音酬之賦也醻導飲也

瓠葉四章章四句

漸漸音讒之石維其高矣山川悠遠維其勞矣武人東征不遑朝叶直高反矣賦也漸漸高峻之貌武人將帥也遑暇也言無朝旦之暇也將帥出征經歷險遠不堪勞苦而作此詩也

漸漸之石維其卒音崒矣山川悠遠曷其沒叶莫筆反矣武人東征不遑出矣賦也卒崔嵬也謂山巔之末也曷何沒盡也言所登歷何時而可盡也不遑出謂但知深入不暇謀出也

有豕白蹢音的烝涉波矣月離于畢俾滂沱矣武人東征不遑他音拖矣賦也蹢蹄烝衆

也離月所宿也畢星名豕涉波月離畢將雨之驗也張子曰豕之負塗曳泥其常性也今其足皆白衆與涉波而去水患之多可知矣此言久役又逢大雨甚勞苦而不暇及他事也

漸漸之石三章章六句

苕音條之華音花芸音云其黃矣心之憂矣維其傷矣比也苕陵苕也本草云即今之紫葳蔓生附於喬木之上其華黃赤色亦名凌霄　詩人自以身逢周室之衰如苕附物而生雖榮不久故以為比而自言其心之憂傷也

苕之華其葉青青音精知我如此不如無生叶桑經反　比也青青盛貌然亦何能久哉

牂音臧羊墳音焚首三星在罶音柳人可以食鮮上聲可以飽叶補苟反　賦也牂羊牝羊也墳大

也羊墳則首大也罶笱也罶中無魚而水靜但見三星之光而已　言饑饉之餘百物彫耗如此苟且得食足矣豈可望其飽哉

苕之華三章章四句　陳氏曰此詩其辭簡其情哀周室將亡不可捄矣詩人傷之而已

何草不黃何日不行叶戶郎反何人不將經營四方　興也草衰則黃將亦行也周室將亡征役不息行者苦之故作此詩言何草而不黃何日而不行何人而不將以經營於四方也哉

何草不玄叶胡勻反何人不矜音鰥哀我征夫獨為匪民　興也玄赤黑色也既黃而玄也無妻曰矜言從役過時而不得歸失其室家之樂也哀我征夫豈獨為匪

民哉

匪兕匪虎率彼曠野(叶上與反)哀我征夫朝夕不暇(叶後五反)

賦也率循也曠空也言征夫非兕非虎何為使之循曠野而朝夕不得閒暇也

有芃(音蓬)者狐(叶與車)率彼幽草有棧(士板反)之車行彼周道

興也芃尾長貌棧車役車也周道大道也言不得休息也

何草不黃四章章四句

都人士之什十篇四十三章二百句

詩經集傳卷五

詩經集傳卷六

宋 朱子 撰

大雅三 說見小雅

文王之什三之一

文王在上於音烏下同昭于天叶鐵因反周雖舊邦其命維新有周不顯帝命不時叶上紙反文王陟降在帝左右叶羽已反

賦也於歎辭昭明也命天命也不顯猶言豈不顯也帝上帝也不時猶言豈不時也左右旁側也

周公追述文王之

德明周家所以受命而代商者皆由於此以戒成王此章言文王既沒而其神在上昭明于天是以周邦雖自后稷始封千有餘年而其受天命則自今始也夫文王在上而昭于天則其德顯矣周雖舊邦而命則新則其命時矣故又曰有周豈不顯乎帝命豈不時乎蓋以文王之神在天一升一降無時不在上帝之左右是以子孫蒙其福澤而君有天下也春秋傳天王追命諸侯之辭曰叔父陟恪在我先王之左右以佐事上帝語意與此正相似或疑恪亦降字之誤理或然也

亹亹音尾文王令聞音問不已陳錫哉周侯文王孫子叶獎里反文王孫子本支百世凡周之士不顯亦世

賦也亹亹強勉之貌令聞善譽也陳猶敷也哉語辭侯維也本宗子也支庶子也文王非有所勉也純亦不已而人見其若有所勉耳其德不已故今既沒而其令聞猶不已也令聞不已是以上帝

敷錫于周維文王孫子則使之本宗百世為天子支庶百世為諸侯而又及其臣子使凡周之士亦世世脩德與周匹休焉

世之不顯厥猶翼翼思皇多士生此王國叶于逼反王國克生維周之楨音貞濟濟上聲多士文王以寧賦也猶謀翼翼勉敬也思語辭皇美楨幹也濟濟多貌 此承上章而言其傳世豈不顯乎而其謀猷皆能勉敬如此也美哉此衆多之賢士而生於此文王之國也文王之國能生此衆多之士則足以為國之幹而文王亦賴以為安矣蓋言文王得人之盛而宜其傳世之顯也

穆穆文王於緝熙敬止假上聲哉天命有商孫子商之孫子其麗不億上帝既命侯于周服叶蒲北反賦也穆穆深遠之意緝續熙明亦不已之意止語辭假大麗數也不億不止於億也侯

維也言穆穆然文王之德不已其敬如此是以天命集焉以有商孫子觀之則可見矣蓋商之孫子其數不止於億然以上帝之命集於文王而今皆維服于周矣

侯服于周天命靡常殷士膚敏祼音灌將于京叶居良反厥作祼將常服黼音甫冔音許王之藎音盡臣無念爾祖

賦也諸侯之大夫入天子之國曰某士則殷士者商孫子之臣屬也膚美敏疾也祼灌鬯也將行也酌而送之也京周之京師也黼黼裳也冔殷冠也蓋先代之後統承先王脩其禮物作賓於王家時王不敢變焉而亦所以為戒也王指成王也藎進也言其忠愛之篤進進無已也無念猶言豈得無念也爾祖文王也　言商之孫子而侯服于周以天命之不可常也故殷之士助祭于周京而服商之服也於是呼王之藎臣而告之曰得無念爾祖文王之德乎蓋以戒王而不敢斥言猶所謂敢告僕夫云爾

劉向曰孔子論詩至於殷士膚敏祼將于京喟然歎曰大哉天命善不可不傳於後嗣是以富貴無常蓋傷微子之事周而痛殷之亡也

無念爾祖聿脩厥德永言配命自求多福叶筆力反殷之未喪去聲師克配上帝宜鑒于殷駿音峻命不易去聲

賦也聿發語辭永長配合也命天理也師衆也上帝天之主宰也駿大也不易言其難也言欲念爾祖在於自脩其德而又常自省察使其所行無不合於天理則盛大之福自我致之有不外求而得矣又言殷未失天下之時其德足以配乎上帝矣今其子孫乃如此宜以為鑒而自省焉則知天命之難保矣大學傳曰得衆則得國失衆則失國此之謂也

命之不易無遏爾躬叶姑弘反宣昭義問有虞殷自天叶鐵因反上天之載無聲無臭叶初尤反儀刑

文王萬邦作孚叶房尤反 賦也遏絶宣布昭明義善也問聞通有又通虞度載事儀象刑法孚信也言天命之不易保故告之使無若紂之自絶於天而布明其善譽於天下又度殷之所以廢興者而折之於天然上天之事無聲無臭不可得而度也惟取法於文王則萬邦作而信之矣子思子曰維天之命於穆不已蓋曰天之所以為天也於乎不顯文王之德之純蓋曰文王之所以為文也純亦不已夫知天之所以為天又知文王之所以為文則夫與天同德者可得而言矣是詩首言文王在上於昭于天文王陟降在帝左右而終之以此其旨深矣

文王七章章八句 東萊呂氏曰呂氏春秋引此詩以為周公所作味其辭意信非周公不能作也 今按此詩一章言文王有顯德而上帝有成命也二章言天命集於文王則不唯

尊榮其身又使其子孫百世為天子諸侯也三章言命周之福不唯及其子孫而又及其羣臣之後嗣也四章言天命既絶於商則不唯誅罰其身又使其子孫亦來臣服于周也五章言絶商之禍不唯及其子孫而又及其羣臣之後嗣也六章言周之子孫臣庶當以文王為法而以商為監也七章又言當以商為監而以文王為法也其於天人之際興亡之理丁寧反覆至深切矣故立之樂官而因以為天子諸侯朝會之樂蓋將以戒乎後世之君臣而又以昭先王之德於天下也國語以為兩君相見之樂特舉其一端而言耳然此詩之首章言文王之昭于天而不言其所以昭次章言其令聞不已而不言其所以聞至於四章然後所以昭明而不已者乃可得而見焉然亦多詠歎之言而語其所以為德之實則不越乎敬之一字而已然則後章所謂脩厥德而儀刑之者豈可以他求哉

亦勉於此而已矣

明明在下赫赫在上叶辰羊反天難忱音諶斯不易去聲維王天位殷適音的使不挾子燮反四方賦也明明德之明也赫赫命之顯也忱信也不易難也天位天子之位也殷適殷之適嗣也挾有也此亦周公戒成王之詩將陳文武受命故先言在下者有明明之德則在上者有赫赫之命達於上下去就無常此天之所以難忱而為君之所以不易也紂居天位為殷嗣乃使之不得挾四方而有之蓋以此爾

摯音至仲氏任音壬自彼殷商來嫁于周曰嬪音貧于京叶居良反乃及王季維德之行叶戶郎反大音泰任有身叶戶羊反生此文王賦也摯國名仲中女也任摯國姓也殷商商之諸侯也嬪婦也

京周京也曰嬪于京疊言以釋上句之意猶曰釐降二女于嬀汭嬪于虞也王季文王父也身懷孕也將言文王之聖而追本其所從來者如此蓋曰自其父母而已然矣

維此文王小心翼翼昭事上帝聿懷多福叶筆力反厥德不回以受方國叶越逼反賦也小心翼翼恭慎之貌即前篇之所謂敬也文王之德於此為盛昭明懷來回邪也方國四方來附之國也

天監在下有命既集叶昨合反文王初載天作之合在洽之陽在渭之涘音士叶羽已反文王嘉止大邦有子叶獎里反賦也監視集就載年合配也洽水名本在今同州郃陽夏陽縣今流已絕故去水而加邑渭水亦逕此入河也嘉昏禮也大邦莘國也子大姒也將言武王伐商之事故此又推其本而言天之監照實在於下其命既集於周矣

故於文王之初年而黙定其配所以洽陽渭涘當文王將昏之期而大邦有子也蓋曰非人之所能為矣

大邦有子俔(牽遍反)天之妹文定厥祥親迎(去聲)于渭造舟為梁不顯其光

賦也俔磬也韓詩作磬說文云俔譬也孔氏曰如今俗語譬喻物曰磬作然也文禮祥吉也言卜得吉而以納幣之禮定其祥也造作梁橋也作船於水比之而加版於其上以通行者即今之浮橋也傳曰天子造舟諸侯維舟大夫方舟士特舟張子曰造舟為梁文王所制而周世遂以為天子之禮也不顯顯也

有命自天命此文王于周于京(叶居良反)纘女維莘長(上聲)子維行(叶戶郎反)篤生武王保右(音祐)命爾燮伐大商

賦也纘繼也莘國名長子長女大姒也行嫁篤厚也言既生文王而又生武王也右助燮和也言天既命文

王於周之京矣而克纘大任之女事者維此莘國以其長女來嫁于我也天又篤厚之使生武王保之助之命之而使之順天命以伐商也

殷商之旅其會如林矢于牧野維予侯興叶音歆上帝臨女音汝無貳爾心賦也如林言衆也書曰受率其旅若林矢陳也牧野在朝歌南七十里侯維貳疑也爾武王也此章言武王伐紂之時紂衆會集如林以拒武王而皆陳于牧野則維我之師爲有興起之勢耳然衆心猶恐武王以衆寡之不敵而有所疑也故勉之曰上帝臨女無貳爾心蓋知天命之必然而贊其決也然武王非必有所疑也設言以見衆心之同非武王之得已耳

牧野洋洋檀車煌煌駟騵音元彭彭叶鋪郎反維師尚父時維鷹揚涼音亮彼武王肆伐大商會朝清明叶謨郎反賦也洋洋廣大之

貌檀堅木宜為車者也煌煌鮮明貌騵馬白腹曰騵彭彭強盛貌師尚父太公望為大師而號尚父也鷹揚如鷹之飛揚而將擊言其猛也涼漢書作亮佐助也肆縱兵也會朝會戰之旦也此章言武王師衆之盛將帥之賢伐商以除穢濁不崇朝而天下清明所以終首章之意也

大明八章四章章六句四章章八句 名義見小旻篇一章言天命無常惟德是與二章言王季大任之德以及文王三章言文王之德四章五章六章言文王大姒之德以及武王七章言武王伐紂八章言武王克商以終首章之意其章以六句八句相間又國語以此及下篇皆為兩君相見之樂說見上篇

緜緜瓜瓞音垤民之初生自土沮音疽漆音七古公亶父音甫陶

音桃復音福陶穴叶戶橘反未有家室比也緜緜不絕貌大曰瓜小曰瓞瓜之近本初生者常小其蔓不絕至末而後大也民周人也自從土地也沮漆二水名在豳地古公號也亶父名也或曰字也後乃追稱大王焉陶窯竈也復重窯也穴土室也家門內之通名也豳地近西戎而苦寒故其俗如此

此亦周公戒成王之詩追述大王始遷岐周以開王業而文王因之以受天命也此其首章言瓜之先小後大以比周人始生於漆沮之上而古公之時居於窯竈土室之中其國甚小至文王而後大也

古公亶父來朝走馬叶滿補反率西水滸音虎至于岐下叶後五反爰及姜女聿來胥宇賦也朝早也走馬避狄難也滸水厓也漆沮之側也岐下岐山之下也姜女大王妃也胥相宇宅也孟子曰大王居邠狄人侵之事之以皮幣珠玉犬馬而不得免乃屬其耆老而告之曰狄人之所欲

者吾土地也吾聞之也君子不以其所以養人者害人二三子何患乎無君我將去之去邠踰梁山邑于岐山之下居焉邠人曰仁人也不可失也從之者如歸市

周原膴膴(音武)堇(音謹)荼如飴(音移)爰始爰謀(叶謀悲反)爰契(音器)我龜曰止曰時築室于茲(叶津之反)

賦也周地名在岐山之南廣平曰原膴膴肥美貌堇烏頭也荼苦菜蓼屬也飴餳也契所以然火而灼龜者也儀禮所謂楚焞是也或曰以刀刻龜甲欲鑽之處也言周原土地之美雖物之苦者亦甘於是大王始與豳人之從已者謀居之又契龜而卜之既得吉兆乃告其民曰可以止於是而築室矣或曰時謂土功之時也

迺慰迺止迺左迺右(叶羽已反)迺疆迺理迺宣迺畝(叶滿彼反)自西徂東周爰執事(叶上止反)

賦也慰安止居也左右東西列之也疆謂畫其大

界理謂别其條理也宣布散而居也或曰導其溝洫也畝治其田疇也自西徂東自西水滸而徂東也周徧也言靡事不爲也乃召司空乃召司徒俾立室家叶古胡反其繩則直縮音蹜版以載叶節力反作廟翼翼賦也司空掌營國邑司徒掌徒役之事繩所以爲直凡營度位處皆先以繩正之既正則束版而築也縮束也載上下相承也言以索束版投土築訖則升下而上以相承載也君子將營宮室宗廟爲先廐庫爲次居室爲後翼翼嚴正也捄音俱之陾陾音仍度入聲之薨薨築之登登削屢馮馮音憑百堵皆興鼛音皐鼓弗勝賦也捄盛土於器也陾陾衆也度投土於版也薨薨衆聲也登登相應聲削屢牆成而削治重複也馮馮牆堅聲五版爲堵興起也此言治宮室也鼛鼓長一丈二尺以鼓役事弗勝者言其樂事勸功鼓不

能止也迺立皋門皋門有伉音抗叶苦郎反迺立應門應門將將音搶迺立冢土戎醜攸行叶戶郎反賦也傳曰王之郭門曰皋門伉高貌王之正門曰應門將將嚴正也大王之時未有制度特作二門其名如此及周有天下遂尊以為天子之門而諸侯不得立焉冢土大社也亦大王所立而後因以為天子之制也戎醜大衆也起大事動大衆必有事乎社而後出謂之宜

肆不殄音佃厥慍亦不隕音尹厥問柞音昨棫音域拔音佩矣行道兌吐外反矣混音昆夷駾音隊矣維其喙音諱矣賦也肆故今也猶言遂也承上起下之辭殄絕慍怒隕墜也問聞通謂聲譽也柞櫟也枝長葉盛叢生有刺棫白桵也小木亦叢生有刺拔挺拔而上不拳曲蒙密也兌通也始通道於柞棫之間也駾突喙息也　言大王雖不能殄絕混

夷之慍怒亦不隕墜已之聲聞蓋雖聖賢不能必人之不怒己但不廢其自脩之實耳然大王始至此岐下之時林木深阻人物鮮少至於其後生齒漸繁歸附日衆則木拔道通混夷畏之而奔突竄伏維其喙息而已言德盛而混夷自服也蓋已為文王之時矣

虞芮質厥成文王蹶音媿厥生叶桑經反予曰有疏附叶上聲予曰有先去聲後去聲叶下五反予曰有奔奏音走叶宗五反予曰有禦侮賦也虞芮二國名質正成平也傳曰虞芮之君相與爭田久而不平乃相與朝周入其境則耕者讓畔行者讓路入其邑男女異路斑白者不提挈入其朝士讓為大夫大夫讓為卿二國之君感而相謂曰我等小人不可以履君子之境乃相讓以其所爭田為間田而退天下聞之而歸者四十餘國蘇氏曰虞在陝之平陸芮在同之馮翊平陸有間原焉則虞芮之所讓也蹶生未詳其義或曰

蹶動而疾也生猶起也予詩人自予也率下親上曰疏附相道前後曰先後喻德宣譽曰奔奏武臣折衝曰禦侮言混夷既服而虞芮來質其訟之成於是諸侯歸周者衆而文王由此動其興起之勢是雖其德之盛然亦由有此四臣之助而然故各以予曰起之其辭繁而不殺者所以深歎其得人之盛也

緜九章章六句 一章言在豳二章言至岐三章言定宅四章言授田居民五章言作宗廟六章言治宫室七章言作門社八章言至文王而服混夷九章遂言文王受命之事餘說見上篇

芃芃音蓬棫音域樸音卜薪之槱音酉之濟濟上聲辟音壁王左右趣叶此苟反之

興也芃芃木盛貌樸叢生也言根枝迫迮相附著也槱積也濟濟容貌之美也辟君也辟王謂

文王也此亦以詠歌文王之德言芃芃棫樸則薪之槱之矣濟濟辟王則左右趣之矣蓋德盛而人心歸附趣向之也

濟濟辟王左右奉璋奉璋峩峩髦士攸宜叶牛何反

賦也半珪曰璋祭祀之禮王祼以圭瓚諸臣助之亞祼以璋瓚左右奉之其判在內亦有趣向之意峩峩盛壯也髦俊也

淠音譬彼涇音經舟烝徒楫音接叶籍入反之周王于邁六師及之

興也淠舟行貌涇水名烝眾楫櫂于往邁行也六師六軍也言淠彼涇舟則舟中之人無不楫之周王于邁則六師之眾追而及之蓋眾歸其德不令而從也

倬音卓彼雲漢為章于天叶鐵因反周王壽考遐不作人

興也倬大也雲漢天河也在箕斗二星之間其長竟天章文章也文王九十七乃終故言壽考遐與何同作人謂變化鼓舞之也

追音堆琢

音卓其章金玉其相勉勉我王綱紀四方興也追雕也金曰雕玉曰琢相質也勉勉猶言不已也凡綱罟張之為綱理之為紀追之琢之則所以美其文者至矣金之玉之則所以美其質者至矣勉勉我王則所以綱紀乎四方者至矣

棫樸五章章四句此詩前三章言文王之德為人所歸後二章言文王之德有以振作綱紀天下之人而人歸之自此以下至假樂皆不知何人所作疑多出於周公也

瞻彼旱麓音鹿榛楛音戶濟濟上聲豈弟君子干祿豈弟興也旱山名麓山足也榛似栗而小楛似荊而赤濟濟眾多也豈弟樂易也君子指文王也　此亦以詠歌文王之德言旱山之麓則榛楛濟濟然矣豈弟君子則其干祿也豈弟矣干祿豈弟言其干祿之有道猶曰其爭也君子云

爾

瑟彼玉瓚叶才旱反黃流在中豈弟君子福祿攸降叶呼攻反

興也瑟縝密貌玉瓚圭瓚也以圭為柄黃金為勺青金為外而朱其中也黃流鬱鬯也釀秬黍為酒築鬱金煑而和之使芬芳條鬯以瓚酌而祼之也攸所降下也言瑟然之玉瓚則必有黃流在其中豈弟之君子則必有福祿下其躬明寶器不薦於褻味而黃流不注於瓦缶則知盛德必享於祿壽而福澤不降於淫人矣

鳶音沿飛戾天叶鐵因反魚躍于淵叶一均反豈弟君子遐不作人

興也鳶鴟類戾至也李氏曰抱朴子曰鳶之在下無力及至乎上聳身直翅而已蓋鳶之飛全不用力亦如魚躍怡然自得而不知其所以然也遐何通言鳶之飛則戾于天矣魚之躍則出于淵矣豈弟君子而何不作人乎言其必作人也

清酒既載叶節力反騂音觪牡既備叶蒲北反以

享以祀（叶逸織反）以介景福（叶筆力反）賦也載在尊也備全具也承上章言有豈弟之德則祭必受福也

瑟彼柞棫民所燎矣豈弟君子神所勞（去聲）矣 興也瑟茂密貌燎爨也或曰熂燎除其旁草使木茂也勞慰撫也

莫莫葛藟（音壘）施（音異）于條枚（音梅）豈弟君子求福不回 興也莫莫盛貌回邪也

旱麓六章章四句

思齊（音齋）大任文王之母思媚周姜京室之婦（音阜）大姒嗣徽音則百斯男（叶尼心反） 賦也思語辭齊莊媚愛也周姜大王之妃大姜也京周也大大姒文王之妃也徽美也百男舉成數而言其多也此詩亦歌文王之德而推本言之曰此莊敬之大任乃文王之

母實能媚於周姜而稱其爲周室之婦至於大姒又能繼其美德之音而子孫衆多上有聖母所以成之者遠內有賢妃所以助之者深也

惠于宗公神罔時怨神罔時恫音通刑于寡妻至于兄弟以御音迓于家邦叶卜工反賦也惠順也宗公宗廟先公也恫痛也刑儀法也寡妻猶言寡小君也御迎也言文王順于先公而鬼神歆之無怨恫者其儀法內施於閨門而至于兄弟以御于家邦也孔子曰家齊而後國治孟子曰言舉斯心加諸彼而已張子曰言接神人各得其道也

雝雝音雍在宮肅肅在廟叶音貌不顯亦臨無射音亦亦保叶音飽賦也雝雝和之至也肅肅敬之至也不顯幽隱之處也射與斁同厭也保猶守也言文王在閨門之內則極其和在宗廟之中則極其敬雖居幽隱亦常若有臨之者雖無厭射亦常有所守焉其純

亦不已蓋如此

肆戎疾不殄烈假上聲不瑕不聞亦式不諫亦入

賦也肆故今也戎大也疾猶難也大難如羑里之囚及昆夷獫狁之屬也殄絕烈光假大瑕過也此兩句與不殄厥慍不隕厥問相表裏聞前聞也式法也承上章言文王之德如此故其大難雖不殄絕而光大亦無玷缺雖事之無所前聞者而亦無不合於法度雖無諫諍之者而亦未嘗不入於善傳所謂性與天合是也

肆成人有德小子有造古之人無斁音亦譽髦斯士

賦也冠以上為成人小子童子也造為也古之人指文王也譽名髦俊也承上章言文王之德見於事者如此故一時人材皆得其所成就蓋由其德純亦不已故令此士皆有譽於天下而成其俊乂之美也

思齊五章二章章六句三章章四句

皇矣上帝臨下有赫(叶黑各反)監觀四方求民之莫維此二國其政不獲(叶胡郭反)維彼四國爰究爰度(入聲)上帝耆之憎其式廓乃眷西顧此維與宅(叶達各反)

賦也皇大臨視也赫威明也監亦視也莫定也二國夏商也不獲謂失其道也四國四方之國也究尋度謀也耆者憎式廓未詳其義或曰耆致也憎當作增式廓猶言規模也此謂岐周之地也此詩叙大王大伯王季之德以及文王伐密伐崇之事也此其首章先言天之臨下甚明但求民之安定而已彼夏商之政既不得矣故求於四方之國苟上帝之所欲致者則增大其疆境之規模於是乃眷然顧視西土以此岐周之地與大王為居宅也

作之屏(音丙)之其菑(音緇)其翳(音意)修之平之其灌其栵(音例)啓之辟(音闢)之其

檉其椐音居叶紀庶反攘之剔之其檿音厭其柘叶都故反帝遷明德串音貫夷載路天立厥配受命既固賦也作拔起也屏去之也菑木立死者也翳自斃者也或曰小木蒙密蔽翳者也修平皆治之使疏密正直得宜也灌叢生者也栵行生者也啓辟芟除也檉河柳也似楊赤色生河邊椐樻也腫節似扶老可為杖者也攘剔謂穿剔去其繁冗使成長也檿山桑也與柘皆美材可為弓榦又可蠶也明德謂明德之君即大王也串夷載路未詳或曰串夷即昆夷載路謂滿路而去所謂昆夷駾矣者也配賢妃也謂大姜　此章言大王遷於岐周之事蓋岐周之地本皆山林險阻無人之境而近於昆夷大王居之人物漸盛然後漸次開闢如此乃上帝遷此明德之君使居其地而昆夷遠遁天又為之立賢妃以助之是以受命堅固而卒成王業也

帝省其山柞棫斯拔音佩

松栢斯兌徒外反帝作邦作對自大音泰伯王季維此王季因心則友叶羽已反則友其兄叶虚王反則篤其慶叶祛羊反載錫之光受祿無喪去聲叶平聲奄有四方

賦也拔兌見緜篇此亦言其山林之間道路通也對猶當也作對言擇其可當此國者以君之也大伯大王之長子王季大王之少子也因心非勉強也善兄弟曰友兄謂大伯也篤厚載則也奄字之義在忽遂之間　言帝省其山而見其木拔道通則知民之歸之者益衆矣於是既作之邦又與之賢君以嗣其業蓋自其初生大伯王季之時而已定矣於是大伯見王季生文王又知天命之有在故適吳不反大王沒而國傳於王季及文王而周道大興也然以大伯而避王季則王季疑於不友故又特言王季所以友其兄者乃因其心之自然而無待於勉強既受大伯之讓則益脩其德以厚

周家之慶而與其兄以讓德之光猶曰彰其知人之明不爲徒讓耳其德如是故能受天祿而不失至於文武而奄有四方也

維此王季帝度入聲其心貊音麥其德音其德克明克明克類克長克君王如字去聲此大邦克順克比音匕比去聲于文王其德靡悔叶虎洧反既受帝祉施音異于孫子叶獎里反

賦也度能度物制義也貊春秋傳樂記皆作莫謂其莫然清靜也克明能察是非也克類能分善惡也克長教誨不倦也克君賞慶刑威也言其賞不僭故人以爲慶刑不濫故人以爲威也順慈和徧服也比上下相親也比于至于也悔遺恨也　言上帝制王季之心使有尺寸能度義又清靜其德音使無非間之言是以王季之德能此六者至於文王而其德尤無遺恨是以既受上帝之福而延及于子孫也

帝謂文王

無然畔援（音院）無然歆羨誕先登于岸（叶魚戰反）密人不恭敢距大邦（叶卜攻反）侵阮徂共（音恭）王赫斯怒（叶暖五反）爰整其旅以按（音遏）徂旅以篤周祜（音戶）以對于天下（叶後五反）

賦也帝謂文王設為天命文王之辭如下所言也無然猶言不可如此也畔離畔也援攀援也言舍此而取彼也歆欲之動也羨愛慕也言肆情以徇物也岸道之極至處也密密須氏也姞姓之國在今寧州阮國名在今涇州徂往也共阮國之地名今涇州之共池是也其旅周師也按遏也徂旅密師之往共者也祜福對答也　人心有所畔援有所歆羨則溺於人欲之流而不能以自濟文王無是二者故獨能先知先覺以造道之極至蓋天實命之而非人力之所及也是以密人不恭敢違其命而擅興師旅以侵阮而往至于共則赫怒整兵而往遏其衆以厚周家之

福而答天下之心蓋亦因其可怒而怒之初未嘗有所畔援歆羨也此文王征伐之始也依其在京叶居良反侵自阮疆陟我高岡無矢我陵我陵我阿無飲我泉我泉我池叶徒何反度其鮮原居岐之陽在渭之將萬邦之方下民之王賦也依安貌京周京也矢陳鮮善將側方鄉也言文王安然在周之京而所整之兵既遏密人遂從阮疆而出以侵密所陟之岡即為我岡而人無敢陳兵於陵飲水於泉以拒我也於是相其高原而徙都焉所謂程邑也其地於漢為扶風安陵今在京兆府咸陽縣

帝謂文王予懷明德不大聲以色不長夏以革不識不知順帝之則帝謂文王詢爾仇方同爾兄弟以爾鉤援音爰與爾臨

衝以伐崇墉〔賦也予設為上帝之自稱也懷眷念也明德文王之明德也以猶與也夏革未詳則法也仇方讎國也兄弟與國也鉤援鉤梯也所以鉤引上城所謂雲梯者也臨臨車也在上臨下者也衝衝車也從旁衝突者也皆攻城之具也崇崇國名在今京兆府鄠縣墉城也史記崇侯虎譖西伯於紂紂囚西伯於羑里西伯之臣閎夭之徒求美女奇物善馬以獻紂紂乃赦西伯賜之弓矢鈇鉞得專征伐曰譖西伯者崇侯虎也西伯歸三年伐崇侯虎而作豐邑　言上帝眷念文王而言其德之深微不暴著其形迹又能不作聰明以循天理故又命之以伐崇也呂氏曰此言文王德不形而功無迹與天同體而已雖興兵以伐崇莫非順帝之則而非我也〕臨衝閑閑〔叶胡員反〕崇墉言言執訊〔音信〕連連攸馘〔音虢〕安安〔叶於肩反〕是類是禡〔音罵〕是致是附〔叶上聲〕四方以無侮

臨衝茀茀音弗叶分聿反崇墉仡仡音屹是伐是肆是絶是忽叶虛屈反四方以無拂叶分聿反賦也閑閑徐緩也言言高大也連連屬續狀馘割耳也軍法獲者不服則殺而獻其左耳安安不輕暴也類將出師祭上帝也禡至所征之地而祭始造軍法者謂黃帝及蚩尤也致致其至也附使之來附也茀茀強盛貌仡仡堅壯貌肆縱兵也忽滅拂戾也春秋傳曰文王伐崇三旬不降退脩教而復伐之因壘而降言文王伐崇之初緩攻徐戰告祀羣神以致附來者而四方無不畏服及終不服則縱兵以滅之而四方無不順從也夫始攻之緩戰之徐也非力不足也非示之弱也將以致附而全之也及其終不下而肆之也則天誅不可以留而罪人不可以不得故也此所謂文王之師也

皇矣八章章十二句一章二章言天命大王三章四章言天命王季五章六章

言天命文王伐密七章八章言天命文王伐崇

經始靈臺叶田飴反經之營之庶民攻之不日成之經始勿亟音棘庶民子來叶六宜反　賦也經度也靈臺文王所作謂之靈者言其倏然而成如神靈之所為也營表攻作也不日不終日也亟急也　國之有臺所以望氣祲察災祥時觀游節勞佚也文王之臺方其經度營表之際而庶民已來作之所以不終日而成也雖文王心恐煩民戒令勿亟而民心樂之如子趣父事不召自來也孟子曰文王以民力為臺為沼而民歡樂之謂其臺曰靈臺謂其沼曰靈沼此之謂也

王在靈囿叶音郁麀音憂鹿攸伏麀鹿濯濯音擢白鳥翯翯音鶴王在靈沼叶音灼於音烏牣音刃魚躍　賦也靈囿臺之下有囿所以域養禽獸也麀牝

鹿也伏言安其所處不驚擾也濯濯肥澤貌翯翯潔白貌靈沼囿之中有沼也牣滿也魚滿而躍言多而得其所也

虡音巨業維樅音怱賁音焚鼓維鏞音庸於論平聲鼓鐘於樂音洛辟音壁廱賦也虡植木以懸鐘磬其橫者曰栒業栒上大版刻之捷業如鋸齒者也樅業上懸鐘磬處以綵色為崇牙其狀樅樅然者也賁大鼓也長八尺鼓四尺中圍加三之一鏞大鐘也論倫也言得其倫理也辟壁通廱澤也辟廱天子之學大射行禮之處也水旋丘如璧以節觀者故曰辟廱

於論鼓鐘於樂辟廱鼉音駝鼓逢逢音蓬矇音蒙瞍音叟奏公賦也鼉似蜥蜴長丈餘皮可冒鼓逢逢和也有眸子而無見曰矇無眸子曰瞍古者樂師皆以瞽者為之以其善聽而審於音也公事也聞鼉鼓之聲而知矇瞍方奏其事也

靈臺四章二章章六句二章章四句東萊呂氏曰前二章樂文王有臺池鳥獸之樂也後二章樂文王有鐘鼓之樂也皆述民樂之辭也

下武維周世有哲王三后在天王配于京叶居良反賦也下義未詳或曰字當作文言文王武王實造周也哲王通言大王王季也三后大王王季文王也在天既沒而其精神上與天合也王武王也配對也謂繼其位以對三后也京鎬京也　此章美武王能纘大王王季文王之緒而有天下也

王配于京世德作求永言配命成王之孚叶孚尤反賦也言武王能繼先王之德而長言合於天理故能成王者之信於天下也若暫合而遽離暫得而遽失則不足以成其信矣

成王之孚下土之式永言孝思孝思維則

賦也式則皆法也　言武王所以能成王者之信而為四方之法者以其長言孝思而不忘是以其孝可為法耳若有時而忘之則其孝者偽耳何足法哉

媚茲一人應侯順德永言孝思昭哉嗣服叶蒲北反　賦也媚愛也一人謂武王應如丕應徯志之應侯維服事也　言天下之人皆愛戴武王以為天子而所以應之維以順德是武王能長言孝思而明哉其嗣先王之事也

昭茲來許繩其祖武於萬斯年受天之祜音戶　賦也昭茲承上句而言茲哉聲相近古蓋通用也來後世也許猶所也繩繼武迹也　言武王之道昭明如此來世能繼其迹則久荷天祿而不替矣

受天之祜四方來賀於萬斯年不遐有佐賦也賀朝賀也周末秦強天子致胙諸侯皆賀遐何通佐助也蓋曰豈不有助乎云爾

下武六章章四句或疑此詩有成王字當為康王以後之詩然考尋文意恐當只如舊說且其文體亦與上下篇血脈通貫非有誤也

文王有聲遹音聿駿音峻有聲遹求厥寧遹觀厥成文王烝哉賦也遹義未詳疑與聿同發語辭駿大烝君也此詩言文王遷豐武王遷鎬之事而首章推本之曰文王之有聲也甚大乎其有聲也蓋以求天下之安寧而觀其成功耳文王之德如是信乎其克君也哉

文王受命有此武功既伐于崇作邑于豐文王烝哉賦也伐崇事見皇矣篇作邑徙都也豐即崇國之地在今鄠縣杜陵西南

築城伊淢音洫作豐伊匹匪棘其欲遹追來孝叶許六反或呼侯反王后烝哉賦也淢城溝也

方十里為成成間有溝深廣各八尺匹稱棘急也王后亦指文王也言文王營豐邑之城因舊溝為限而築之其作邑居亦稱其城而不侈大皆非急成已之所欲也特追先人之志而來致其孝耳

王公伊濯維豐之垣音袁四方攸同王后維翰叶胡田反王后烝哉賦也

公功也濯著明也王之功所以著明者以其能築此豐之垣故爾四方於是來歸而以文王為楨榦也

豐水東注維禹之績四方攸同皇王維辟皇王烝哉賦也

豐水東北流徑豐邑之東入渭而注于河績功也皇王有天下之號指武王也辟君也言豐水東注由禹之功故四方得以來同於此而以武王為君此武王未作鎬京時也

鎬京辟廱自西自東自南自北無思不服叶蒲北反皇王烝哉賦也鎬京武王所營也在豐水

東去豐邑二十五里張子曰周家自后稷居邰公劉居豳大王邑岐而文王則遷于豐至武王又居于鎬當是時民之歸者日衆其地有不能容不得不遷也辟廱說見前篇張子曰靈臺辟廱文王之學也鎬京辟廱武王之學也至此始為天子之學矣無思不服心服也孟子曰天下不心服而王者未之有也　此言武王徙居鎬京講學行禮而天下自服也

考卜維王宅是鎬京叶居良反維龜正之叶諸盈反武王成之武王烝哉賦也考稽宅居正決也成之作邑居也張子曰此舉謚者追述其事之言也

豐水有芑武王豈不仕詒厥孫謀以燕翼子叶奬里反武王烝哉興也芑草名仕事詒遺燕安翼敬也子成王也鎬京猶在豐水下流故取以起興言豐水猶有芑武王豈無所事乎詒厥孫謀以燕翼子則武王之事也謀及其孫則子可以無事矣

或曰賦也言豐水之旁生物繁茂武王豈不欲有事於此哉但以欲遺孫謀以安翼子故不得而不遷耳

文王有聲八章章五句

此詩以武功稱文王至於武王則言皇王維辟無思不服而已蓋文王既造其始則武王續而終之無難也又以見文王之文非不足於武而武王之有天下非以力取之也

文王之什十篇六十六章四百一十四句

鄭譜此以上為文武時詩以下為成王周公時詩今按文王首句即云文王在上則非文王之詩矣又曰無念爾祖則非武王之詩矣大明有聲幷言文武者非一安得為文武之時所作乎蓋正雅皆成王周公以後之詩但此什皆為追述文武之德故譜因此而誤耳

生民之什三之二

厥初生民時維姜嫄音原叶魚倫反生民如何克禋音因克祀叶養里反以弗無子叶獎里反履帝武敏叶母鄙反歆攸介攸止載震載夙叶相即反載生載育叶曰逼反時維后稷賦也民人也謂周人也時是也姜嫄炎帝後姜姓有邰氏女名嫄為高辛之世妃精意以享謂之禋祀祀郊禖也弗之言祓也祓無子求有子也古者立郊禖蓋祭天於郊而以先媒配也變媒言禖者神之也其禮以玄鳥至之日用大牢祀之天子親往后率九嬪御乃禮天子所御帶以弓韣授以弓矢于郊禖之前也履踐也帝上帝也武迹敏拇歆動也猶驚異也介大也震娠也夙肅也生子者及月辰居側室也育養也姜嫄出祀郊禖見大人跡而履其拇遂歆歆然如有人道

之感於是即其所大所止之處而震動有娠乃周人所由以生之始也周公制禮尊后稷以配天故作此詩以推本其始生之祥明其受命於天固有以異於常人也然巨跡之說先儒或頗疑之而張子曰天地之始固未嘗先有人也則人固有化而生者矣蓋天地之氣生之也蘇氏亦曰凡物之異於常物者其取天地之氣常多故其生也或異麒麟之生異於犬羊蛟龍之生異於魚鼈物固有然者矣神人之生而有以異於人何足怪哉斯言得之矣

誕彌厥月先生如達音闥不坼音拆不副音劈叶孚迫反無菑音災無害叶音曷以赫厥靈上帝不寧不康禋祀叶養里反居然生子叶獎里反

賦也誕發語辭彌終也終十月之期也先生首生也達小羊也羊子易生無留難也坼副皆裂也赫顯也不寧寧也不康康也居然猶徒然也凡人之生必坼副災害其母而首生之子

尤難今姜嫄首生后稷如羊子之易無坼副災害之苦是顯其靈異也上帝豈不寧乎豈不康我之禋祀乎而使我無人道而徒然生是子也

誕寘之隘巷牛羊腓音肥字之誕寘之平林會伐平林誕寘之寒冰鳥覆去聲翼音異之鳥乃去矣后稷呱叶去聲矣實覃實訏叶去聲厥聲載路

賦也隘狹腓芘字愛會值也值人伐木而收之覆蓋翼藉也以一翼覆之以一翼藉之也呱啼聲也覃長訏大載滿也滿路言其聲之大也無人道而生子或者以為不詳故棄之而有此異也於是始收而養之

誕實匍音蒲匐克岐克嶷以就口食蓺之荏音餁菽荏菽旆旆禾役穟穟音遂麻麥幪幪莫孔反瓜瓞唪唪音蚌

賦也匍匐手足並行也岐嶷峻茂之狀就向

也口食自能食也蓋六七歲時也蓺樹也荏菽大豆也旆旆枝旟揚起也役列也穟穟苗美好之貌也幪幪然茂密也唪唪然多實也言后稷能食時已有種殖之志蓋其天性然也史記曰棄為兒時其遊戲好種殖麻麥麻麥美及為成人遂好耕農堯舉以為農師

誕后稷之穡有相去聲之道叶徒口反茀音弗厥豐草音苟種去聲之黃茂叶莫口反實方實苞叶蒲苟反實種上聲實襃叶徐久反實發實秀叶思久反實堅實好叶許口反實穎實栗即有邰音台家室賦也相助也言盡人力之助也茀治也種布之也黃茂嘉穀也方房也苞甲而未拆也此漬其種也種甲拆而可為種也襃漸長也發盡發也秀始穟也堅其實堅也好形味好也穎實繁碩而垂末也栗不秕也既收成見其實皆栗栗然不秕也邰后稷之母家也豈其或滅或遷而遂以其地封

后稷與言后稷之穡如此故堯以其有功於民封於邰使即其母家而居之以主姜嫄之祀故周人亦世祀姜嫄焉

誕降嘉種維秬（音巨）維秠（音痞）維穈（音門）維芑（音起）恒（音亘）之秬秠是穫是畝（叶蒲洧反）恒之穈芑是任（音壬）是負（叶扶委反）以歸肇祀（叶養里反）

賦也降降是種於民也書曰稷降播種是也秬黑黍也秠黑黍一稃二米者也穈赤粱粟也芑白粱粟也恒徧也謂徧種之也任肩任也負背負也既成則穫而棲之於畝任負而歸以供祭祀也秬秠言穫畝穈芑言任負互文耳肇始也稷始受國為祭主故曰肇祀

誕我祀如何或舂或揄（音由）或簸（波我反）或蹂（音柔）釋之叟叟（音搜）烝之浮浮載謀載惟取蕭祭脂取羝（音底）以軷（音鈸叶蒲昧反）載燔載烈（如字叶力

制反以興嗣歲叶音雪又如字賦也我祀承上章而言后稷之祀也揄抒臼也簸揚去糠也蹂蹂禾取穀以繼之也釋淅米也叟叟聲也浮浮氣也謀卜日擇士也惟齋戒具脩也蕭蒿也脂膟膋也宗廟之祭取蕭合膟膋爇之使臭達牆屋也羝牡羊也軷祭行道之神也燔傅諸火也烈貫之而加於火也四者皆祭祀之事所以興來歲而繼往歲也

卬音昂盛音成于豆于豆于登其香始升上帝居歆胡臭亶時叶上止反后稷肇祀叶養里反庶無罪悔叶呼委反以迄音肸于今賦也卬我也木曰豆以薦菹醢也瓦曰登以薦大羹也居安也鬼神食氣曰歆胡何臭香亶誠也時言得其時也庶近迄至也此章言其尊祖配天之祭其香始升而上帝已安而饗之言應之疾也此何但芳臭之薦信得其時哉蓋自后稷之肇祀則庶無罪悔而至于今矣曾氏曰自后稷以

來前後相承兢兢業業惟恐一有罪悔獲戾於天閱數百年而此心不易故曰庶無罪悔以迄于今言周人世世用心如此也

生民八章四章章十句四章章八句此詩未詳所用豈郊祀之後亦有受釐頒胙之禮也歟舊說第三章八句第四章十句今按第三章當為十句第四章當為八句則去吺訏路音韻諧協吺聲載路文勢通貫而此詩八章皆以十句八句相間為次又二章以後七章以前每章章之首皆有誕字

敦音團彼行葦牛羊勿踐履方苞方體維葉泥泥音禰戚戚兄弟莫遠具爾或肆之筵或授之几興也敦聚貌句萌之時也行道也勿

戒止之辭也苞甲而未拆也體成形也泥泥柔澤貌戚戚親也莫猶勿也具俱也爾與邇同肆陳也疑此祭畢而燕父兄耆老之詩故言敦彼行葦而牛羊勿踐履則方苞方體而葉泥泥矣戚戚兄弟而莫遠具爾則或肆之筵而或授之几矣此方言其開燕設席之初而慇懃篤厚之意藹然已見於言語之外矣讀者詳之

肆筵設席叶詳勺反授几有緝御叶魚駕反或獻或酢洗爵奠斝音假叶居訝反醓音貪醢以薦叶即略反或燔或炙叶陟略反嘉殽脾音琵臄音劇或歌或咢音岳

賦也設席重席也緝續也御侍也有相續代而侍者言不乏使也進酒於客曰獻客答之曰酢主人又洗爵醻客客受而奠之不舉也斝爵也夏曰醆殷曰斝周曰爵醓醢之多汁者也燔用肉炙用肝臄口上肉也歌者比於琴瑟也徒擊鼓曰咢 言侍御獻醻飲食歌樂之盛也

敦音雕弓

既堅（叶古因反）四鍭（音侯）既鈞舍矢既均序賓以賢（叶下珍反）敦弓既句（音姤）既挾（子協反）四鍭四鍭如樹（叶上主反）序賓以不侮（賦也）

敦雕通畫也天子雕弓堅猶勁也鍭金鏃翦羽矢也鈞參亭也謂參分之一在前二在後三訂之而平者前有鐵重也舍釋也謂發矢也均皆中也賢射多中也投壺曰某賢於某若干純奇則曰奇均則曰左右均是也句彀通謂引滿也射禮搢三挾一既挾四鍭則徧釋矣如樹如手就樹之言貫革而堅正也不侮敬也令弟子辭所謂無憮無敖無偝立無踰言者也或曰不以中病不中者也射以中多爲雋以不侮爲德　言既燕而射以爲樂也

曾孫維主（叶當口反）酒醴維醹（音乳叶如口反）酌以大斗（叶腫庾反）以祈黃耇（叶果五反）黃耇台背（叶必墨反）以引以翼壽考維祺

音其以介景福叶筆力反賦也曾孫主祭者之稱今祭畢而燕故因而稱之也醹厚也大斗柄長三尺祈求也黃耇老人之稱以祈黃耇猶曰以介眉壽云耳古器物欵識云用蘄萬壽用蘄眉壽永命多福用蘄眉壽萬年無疆皆此類也台鮐也大老則背有鮐文引導翼輔祺吉也 此頌禱之辭欲其飲此酒而得老壽又相引導輔翼以享壽祺介景福也

行葦四章章八句

毛七章二章章六句五章章四句鄭八章章四句毛首章以四句興二句不成文理二章又不協韻鄭首章有起興而無所興皆誤今正之如此

既醉以酒既飽以德君子萬年介爾景福叶筆力反賦也德恩惠也君子謂王也爾亦指王也 此父兄所以答行葦之詩言享其飲食恩意之厚而願其受福如此也

既醉以酒爾殽既將君子萬年介爾昭明叶謨郎反賦也殽俎實也將行也亦奉持而進之意昭明猶光大也

昭明有融高朗令終令終有俶尺六反公尸嘉告叶姑沃反賦也融明之盛也春秋傳曰明而未融朗虛明也令終善終也洪範所謂考終命古器物銘所謂令終令命是也俶始也公尸君尸也周稱王而尸但曰公尸蓋因其舊如秦已稱皇帝而其男女猶稱公子公主也嘉告以善言告之謂嘏辭也蓋欲善其終者必善其始今固未終也而既有其始矣於是公尸以此告之

其告維何籩豆靜嘉叶居何反朋友攸攝攝以威儀叶牛何反賦也靜嘉清潔而美也朋友指賓客助祭者說見楚茨篇攝撿也公尸告以汝之祭祀籩豆之薦既靜嘉矣而朋友相攝佐者又皆有威儀當神意也自此至終篇皆述尸告之辭

威儀孔時叶上止反君子有孝子叶獎里反孝子不匱永錫爾類賦也孝子主人之嗣子也儀禮祭祀之終有嗣舉奠匱竭類善也言汝之威儀既得其宜又有孝子以舉奠孝子之孝誠而不竭則宜永錫爾以善矣東萊呂氏曰君子既孝而嗣子又孝其孝可謂源源不竭矣

其類維何室家之壼音悃叶苦俊反君子萬年永錫祚胤音孕賦也壼宮中之巷也言深遠而嚴肅也祚福祿也胤子孫也錫之以善莫大於此

其胤維何天被音備爾祿君子萬年景命有僕賦也僕附也言將使爾有子孫者先當使爾被天祿而為天命之所附屬下章乃言子孫之事

其僕維何釐音離爾女士釐爾女士從以孫子叶獎里反賦也釐予也女士女之有士行者謂生淑媛使為之妃

也從隨也謂又生賢子孫也

既醉八章章四句

鳧音扶鷖音翳在涇公尸來燕來寧爾酒既清爾殽既馨公尸燕飲福祿來成興也鳧水鳥如鴨者鷖鷗也涇水名爾自歌工而指主人也馨香之遠聞也此祭之明日繹而賓尸之樂故言鳧鷖則在涇矣公尸則來燕來寧矣酒清殽馨則公尸燕飲而福祿來成矣

鳧鷖在沙叶桑何反公尸來燕來宜叶牛何反爾酒既多爾殽既嘉叶居何反公尸燕飲福祿來為叶胡禾反興也為猶助也

鳧鷖在渚公尸來燕來處爾酒既湑上聲爾殽伊脯公尸燕

飲福祿來下（叶後五反。興也。渚，水中高地也。湑，酒之泲者也。）鳧鷖在潨（音叢），公尸來燕來宗。既燕于宗，福祿攸降（叶乎攻反）。公尸燕飲，福祿來崇（興也。潨，水會也。來宗之宗，尊也。于宗之宗，廟也。崇，積而高大也。）鳧鷖在亹（音門），公尸來止熏熏（叶眉貧反）。旨酒欣欣，燔炙芬芬（叶豐勻反）。公尸燕飲，無有後艱（叶居銀反。興也。亹，水流峽中，兩岸如門也。熏熏，和說也。欣欣，樂也。芬芬，香也。）

鳧鷖五章，章六句

假（音嘉）樂（音洛）君子（叶音則），顯顯令德。宜民宜人，受祿于天（叶鐵因反）。保右（音又）命（叶彌并反）之，自天申之（賦也。嘉，美也。君子指王也。民，庶民也。人，在位者

也申重也　言王之德既宜民人而受天祿矣而天之於王猶反覆眷顧之不厭既保之右之命之而又申重之也疑此即公尸之所以答鳧鷖者也

干祿百福叶筆力反子孫千億穆穆皇皇宜君宜王不愆不忘率由舊章賦也穆穆敬也皇皇美也君諸侯也王天子也愆過率循也舊章先王之禮樂政刑也　言王者干祿而得百福故其子孫之蓄至於千億適為天子庶為諸侯無不穆穆皇皇以遵先王之法者

威儀抑抑德音秩秩無怨無惡去聲率由羣匹受福無疆四方之綱賦也抑抑密也秩秩有常也匹類也　言有威儀聲譽之美又能無私怨惡以任衆賢是以能受無疆之福為四方之綱此與下章皆稱願其子孫之辭也或曰無怨無惡不為人所怨惡也

之綱之紀燕及朋友叶羽已反百辟

卿士媚于天子(叶奬里反)不解(音懈)于位民之攸塈(音戲)賦也燕安也朋友亦謂諸臣也解惰塈息也言人君能綱紀四方而臣下賴之以安則百辟卿士媚而愛之維欲其不解于位而為民所安息也東萊呂氏曰君燕其臣臣媚其君此上下交而為泰之時也泰之時所憂者怠荒而已此詩所以終於不解于位民之攸塈也方嘉之又規之者蓋臯陶賡歌之意也民之勞逸在下而樞機在上上逸則下勞矣上勞則下逸矣不解于位乃民之所由休息也

假樂四章章六句

篤公劉匪居匪康迺埸(音易)迺疆迺積迺倉迺裹(音果)餱(音侯)糧(音良)于槖(音託)于囊思輯(音集)用光弓矢斯張干戈戚揚爰

方啓行叶户郎反賦也篤厚也公劉后稷之曾孫也事見豳風居安康寧也場疆田畔也積露積也餱食糧糗也無底曰橐有底曰囊輯和戚斧揚鉞方始也舊說召康公以成王將涖政當戒以民事故詠公劉之事以告之曰厚哉公劉之於民也其在西戎不敢寧居治其田疇實其倉廩既富且強於是裹其餱糧思以輯和其民人而光顯其國家然後以其弓矢斧鉞之備爰始啓行而遷都於豳焉蓋亦不出其封內也

篤公劉于胥斯原既庶既繁叶紛乾反既順迺宣而無永歎音灘陟則在巘音讞叶魚軒反復降在原何以舟叶之遙反之維玉及瑶音遙鞞必頂反琫音菶容刀叶徒招反賦也胥相也庶繁謂居之者衆也順安宣徧也言居之徧也無永歎得其所不思舊也巘山頂也舟帶也鞞刀鞘也琫刀上飾也容刀容飾之刀也或曰容刀如

言容臭謂鞞琫之中容此刀耳言公劉至豳欲相土以居而帶此劒佩以上下於山原也東萊呂氏曰以如是之佩服而親如是之勞苦斯其所以為厚於民也歟

篤公劉逝彼百泉瞻彼溥音普原迺陟南岡乃覯于京叶居良反京師之野叶上與反于時處處于時廬旅于時言言于時語語

賦也溥大覯見也京高丘也師衆也京師高山而衆居也董氏曰所謂京師者蓋起於此其後世因以所都為京師也時是也處處居室也廬寄也旅賓旅也直言曰言論難曰語此章言營度邑居也自下觀之則往百泉而望廣原自上觀之則陟南岡而覯于京於是為之居室於是廬其賓旅於是言其所言於是語其所語無不於斯焉

篤公劉于京斯依叶於豈反蹌蹌音槍濟濟上聲俾筵俾几既登乃依同上乃

造音糙其曹執豕于牢酌之用匏音庖食音嗣之飲之君之宗之

賦也依安也蹌蹌濟濟羣臣有威儀貌俾使也使人為之設筵几也登登筵也依依几也曹羣牧之處也以豕為殽用匏為爵儉以質也宗尊也主也嫡子孫主祭祀而族人尊之以為主也 此章言宮室既成而落之既以飲食勞其羣臣而又為之君為之宗焉東萊呂氏曰既饗燕而定經制以整屬其民上則皆統於君下則各統於宗蓋古者建國立宗其事相須楚執戎蠻子而致邑立宗以誘其遺民即其事也

篤公劉既溥既長既景迺岡相去聲其陰陽觀其流泉其軍三單音丹叶多涓反度其隰原徹田為糧度其夕陽豳居允荒

賦也溥廣也言其芟夷墾辟土地既廣而且長也景考日景以正四方也岡登高以望也相相視也陰陽向背寒暖之

宜也流泉水泉灌漑之利也三單未詳徹通也一井之田九百畝八家皆私百畝同養公田耕則通力而作收則計畝而分也周之徹法自此始其後周公蓋因而脩之耳山西曰夕陽允信荒大也此言辨土宜以授所徙之民定其軍賦與其稅法又度山西之田以廣之而豳人之居於此益大矣

篤公劉于豳斯館叶古玩反涉渭為亂取厲取鍛丁亂反止基迺理爰衆爰有叶羽已反夾其皇澗遡其過平聲澗止旅迺密芮鞫音菊之即

賦也館客舍也亂舟之截流橫渡者也厲砥鍛鐵止居基定也理疆理也衆人多也有財足也遡鄉也皇過二澗名芮水名出吳山西北東入涇周禮職方作汭鞫水外也此章又總叙其始終言其始來未定居之時涉渭取材而為舟以來往取厲取鍛而成宮室既止基於此矣乃疆理其田野則日益繁庶富足其居有夾澗者

有遡澗者其止居之衆日以益密乃復即芮鞫而居之而豳地日以廣矣

公劉六章章十句

泂音迥酌彼行潦音老挹音揖彼注茲可以餴音分饎音熾叶昌里反豈弟君子民之父母叶滿彼反

興也泂遠也行潦流潦也餴烝米一熟而以水沃之乃再烝也饎酒食也君子指王也　舊說以為召康公戒成王言遠酌彼行潦挹之於彼而注之於此尚可以餴饎況豈弟之君子豈不為民之父母乎傳曰豈以強教之弟以悅安之民皆有父之尊有母之親又曰民之所好好之民之所惡惡之此之謂民之父母

泂酌彼行潦挹彼注茲可以濯罍音雷豈弟君子民之攸歸叶古回反

興也濯滌也

泂酌彼行潦挹

彼注茲可以濯溉音蓋叶古氣反豈弟君子民之攸塈音戲興也溉亦滌也塈息也

泂酌三章章五句

有卷音權者阿飄風自南叶尼心反豈弟君子來游來歌以矢其音賦也卷曲也阿大陵也豈弟君子指王也矢陳也此詩舊說亦名康公作疑公從成王游歌於卷阿之上因王之歌而作此以為戒此章總叙以發端也

伴音判奐音喚爾游矣優游爾休矣豈弟君子俾爾彌爾性似先公酋音囚矣賦也伴奐優游閑暇之意爾君子皆指王也彌終也性猶命也酋終也言爾既伴奐優游矣又呼而告之言使爾終其壽命

似先君善始而善終也自此至第四章皆極言壽考福禄之盛以廣王心而歆動之五章以後乃告以所以致此之由也爾土宇昄符版反章亦孔之厚叶狼口下主二反矣豈弟君子俾爾彌爾性百神爾主叶當口主庚二反矣賦也昄章大明也或曰昄當作版版章猶版圖也言爾土宇昄章既甚厚矣又使爾終其身常為天地山川鬼神之主也爾受命長矣茀音弗禄爾康矣豈弟君子俾爾彌爾性純嘏爾常矣賦也茀嘏皆福也常常享之也有馮音憑有翼有孝有德以引以翼豈弟君子四方為則賦也馮謂可為依者翼謂可為輔者孝謂能事親者德謂得於己者引導其前也翼相其左右也東萊呂氏曰賢者之行非一端必曰有孝有德何也蓋人主常與慈祥

篤實之人處其所以興起善端涵養德性鎮其躁而消其邪日改月化有不在言語之間者矣　言得賢以自輔如此則其德日脩而四方以為則矣自此章以下乃言所以致上章福禄之由也

顒顒(魚容反)卬卬(五綱反)如圭如璋令聞(音問)令望(叶無方反)豈弟君子四方為綱　賦也顒顒卬卬尊嚴也如圭如璋純潔也令聞善譽也令望威儀可望法也　承上章言得馮翼孝德之助則能如此而四方以為綱矣

鳳凰于飛翽翽(音諱)其羽亦集爰止藹藹王多吉士維君子使媚于天子　興也鳳凰靈鳥也雄曰鳳雌曰凰翽翽羽聲也鄭氏以為因時鳳凰至故以為喻理或然也藹藹衆多也媚順愛也　鳳凰于飛則翽翽其羽而集於其所止矣藹藹王多吉士則維王之所使而皆媚于天子矣既曰君子又曰天子猶曰王于出征以佐天子

云爾

鳳凰于飛翽翽其羽亦傅音附于天叶鐵因反藹藹王多吉人維君子命叶彌并反媚于庶人興也媚于庶人順愛于民也

鳳凰鳴矣于彼高岡梧桐生矣于彼朝陽菶菶音琫萋萋音妻雝雝喈喈叶居奚反比也又以興下章之事也山之東曰朝陽鳳凰之性非梧桐不棲非竹實不食菶菶萋萋梧桐生之盛也雝雝喈喈鳳凰鳴之和也

君子之車既庶且多君子之馬既閑且馳叶唐何反矢詩不多維以遂歌賦也承上章之興也菶菶萋萋則雝雝喈喈矣君子之車馬則既衆多而閑習矣其意若曰是亦足以待天下之賢者而不厭其多矣遂歌蓋繼王之聲而遂歌之猶書所謂賡載歌也

卷阿十章六章章五句四章章六句

民亦勞止汔（音肸）可小康惠此中國以綏四方無縱詭（音鬼）隨以謹無良式遏寇虐憯（音慘）不畏明（叶謨郎反）柔遠能邇以定我王

賦也汔幾也中國京師也四方諸夏也京師諸夏之根本也詭隨不顧是非而妄隨人也謹斂束之意憯曾也明天之明命也柔安也能順習也序說以此為召穆公刺厲王之詩以今考之乃同列相戒之辭耳未必專為刺王而發然其憂時感事之意亦可見矣蘇氏曰人未有無故而妄從人者維無良之人將悅其君而竊其權以為寇虐則為之故無縱詭隨則無良之人肅而寇虐無畏之人止然後柔遠能邇而王室定矣穆公名虎康公之後厲王名胡成王七世孫也

民亦勞止汔可小休惠此

中國以為民逑無縱詭隨以謹惽怓音鐃叶尼猶反式遏寇虐無俾民憂無棄爾勞以為王休賦也逑聚也惽怓猶讙譁也勞猶功也言無棄爾之前功也休美也

民亦勞止汔可小息惠此京師以綏四國叶于逼反無縱詭隨以謹罔極式遏寇虐無俾作慝敬慎威儀以近有德賦也罔極為惡無窮極之人也有德有德之人也

民亦勞止汔可小愒音器惠此中國俾民憂泄音異無縱詭隨以謹醜厲式遏寇虐無俾正敗叶蒲寐反戎雖小子而式弘大叶特計反賦也愒息泄去厲惡也正敗正道敗壞也戎汝也言汝雖小子而其所為甚廣大不可不謹也

民亦

勞止汔可小安惠此中國國無有殘無縱詭隨以謹繾綣式遏寇虐無俾正反王欲玉女是用大諫賦也繾綣小人之固結其君者也正反反於正也玉寶愛之意言王欲以女為玉而寶愛之故我用王之意大諫正於女蓋託為王意以相戒也

民勞五章章十句

上帝板板下民卒癉音亶出話不然為猶不遠靡聖管管不實於亶猶之未遠是用大諫叶音簡賦也板板反也卒盡癉病猶謀也管管無所依也亶誠也序以此為凡伯刺厲王之詩今考其意亦與前篇相類但責之益深切耳此章首言天

反其常道而使民盡病矣而女之出言皆不合理為謀又不久遠其心以為無復聖人但恣己妄行而無所依據又不實之於誠信豈其謀之未遠而然乎世亂乃人所為而曰上帝板板者無所歸咎之辭耳

天之方難叶泥涓反無然憲憲叶虚言反天之方蹶音媿無然泄泄音異辭之輯音集叶祖合反矣民之洽矣辭之懌叶弋灼反矣民之莫矣

賦也憲憲欣欣也蹶動也泄泄猶沓沓也蓋弛緩之意孟子曰事君無義進退無禮言則非先王之道者猶沓沓也輯和洽合懌悅莫定也辭輯而懌則言必以先王之道矣所以民無不合無不定也

我雖異事及爾同僚我即爾謀聽我囂囂音梟我言維服勿以為笑叶思邀反先民有言詢于芻初俱反蕘音饒

賦也異事不同職也同僚同為王

臣也春秋傳曰同官為僚即就也囂囂自得不肯受言之貌服事也猶曰我所言者乃今之急事也先民古之賢人也芻蕘采薪者古人尚詢及芻蕘況其僚友乎

天之方虐無然謔謔老夫灌灌小子蹻蹻其略反匪我言耄音帽叶毛博反爾用憂謔多將熇熇叶許各反不可救藥賦也謔戲侮也老夫詩人自稱灌灌欵欵也蹻蹻驕貌耄老而昏也熇熇熾盛也　蘇氏曰老者知其不可而盡其欵誠以告之少者不信而驕之故曰非我老耄而妄言乃汝以憂為戲耳夫憂未至而救之猶可為也苟俟其益多則如火之盛不可復救矣

天之方懠音齊叶箋西反無為夸音誇毗威儀卒迷善人載尸民之方殿屎音犧則莫我敢葵喪去聲亂蔑資叶箋西反曾莫惠我師叶霜夷反賦也懠怒夸

大毗附也小人之於人不以大言夸之則以諛言毗之也尸則不言不為飲食而已者也殿屎呻吟也葵揆也蔑猶滅也資與咨同嗟歎聲也惠順師衆也戒小人毋得夸毗使威儀迷亂而善人不得有所為也又言民方愁苦呻吟而莫敢揆度其所以然者是以至於散亂滅亡而卒無能惠我師者也

天之牖民如壎音塤如篪音池如璋如圭如取如攜攜無曰益牖民孔易去聲叶夷益反民之多辟音僻無自立辟同上

賦也牖開明也猶言天啓其心也壎唱而篪和璋判而圭合取求攜得而無所費皆言易也辟邪也言天之開民其易如此以明上之化下其易亦然今民既多邪辟矣豈可又自立邪辟以道之邪

价音介人維藩叶分邅反大師維垣大邦維屏大宗維翰叶胡田反懷德維寧宗子維城無

俾城壞叶胡罪胡威二反無獨斯畏叶紆會於非二反賦也价大也大德之人也藩籬師衆垣牆也大邦強國也屏樹也所以為蔽也大宗強族也翰榦也宗子同姓也　言是六者皆君之所恃以安而德其本也有德則得是五者之助不然則親戚叛之而城壞城壞則藩垣屏翰皆壞而獨居獨居而所可畏者至矣

敬天之怒無敢戲豫敬天之渝音俞無敢馳驅昊天曰明叶謨郎反及爾出王音往叶如字昊天曰旦叶得絹反及爾游衍叶怡戰反　賦也渝變也王往通言出而有所往也旦亦明也衍寛縱之意　言天之聰明無所不及不可以不敬也板板也難也蹶也虐也懠也其怒而變也甚矣而不之敬也亦知其有日監在茲者乎張子曰天體物而不遺猶仁體事而無不在也禮儀三百威儀三千無一事而非仁也昊天曰明及爾出王昊天曰旦及

爾游衍無一物之不體也

板八章章八句

生民之什十篇六十一章四百三十三句

詩經集傳卷六

詩經集傳卷七

宋 朱子 撰

蕩之什三之三

蕩蕩上帝下民之辟（音璧）疾威上帝其命多辟（音僻）天生烝民其命匪諶（音忱或叶市隆反）靡不有初鮮克有終（叶諸深反）賦也蕩蕩廣大貌辟君也疾威猶暴虐也多辟多邪辟也烝衆諶信也言此蕩蕩之上帝乃下民之君也今此暴虐之上帝其命乃多邪辟者何哉蓋天生衆民其命有不可信者蓋其降命之初無有不善而人少能以善道自

終是以致此大亂使天命亦罔克終如疾威而多僻也蓋始為怨天之辭而卒自解之如此劉康公曰民受天地之中以生所謂命也能者養之以福不能者敗以取禍此之謂也

文王曰咨咨女音汝殷商曾是彊禦曾是掊音抔克曾是在位曾是在服叶蒲北反天降慆音滔德女興是力

賦也此設為文王之言也咨嗟也殷商紂也彊禦暴虐之臣也掊克聚斂之臣也服事也慆慢興起也力如力行之力詩人知厲王之將亡故為此詩託於文王所以嗟嘆殷紂者言此暴虐聚斂之臣在位用事乃天降慆慢之德而害民然非其自為之也乃女興起此人而力為之耳

文王曰咨咨女殷商而秉義類彊禦多懟音隊流言以對寇攘式內侯作音詛侯祝音呪靡屆靡究

賦也而亦女也義善懟怨

也流言浮浪不根之言也侯維也作讀為詛詛祝怨謗也　言汝當用善類而反任此暴虐多怨之人使用流言以應對則是為寇盜攘竊而反居內矣是以致怨謗之無極也

文王曰咨咨女殷商女炰音庖烋音哮于中國叶于逼反斂怨以為德不明爾德時無背音貝無側爾德不明以無陪音培無卿賦也炰烋氣健貌斂怨以為德多為可怨之事而反自以為德也背後側旁陪貳也言前後左右公卿之臣皆不稱其官如無人也

文王曰咨咨女殷商天不湎音免爾以酒不義從式叶式吏反既愆爾止靡明靡晦叶呼洧反式號式呼去聲俾晝作夜叶羊茹反賦也湎飲酒變色也式用也言天不使爾沈湎於酒而惟不義是從而用也止容止也

文王曰咨

咨女殷商如蜩如螗（音唐）如沸如羹（叶盧當反）小大近喪（去聲叶平聲）人尚乎由行（叶戶郎反）內奰（音避）于中國覃及鬼方（賦也蜩螗皆蟬也如蟬鳴如沸羹皆亂意也小者大者幾於喪亡矣尚且由此而行不知變也奰怒覃延也鬼方遠夷之國也言自近及遠無不怨怒也）文王曰咨咨女殷商匪上帝不時（叶上止反）殷不用舊（叶巨已反）雖無老成人尚有典刑曾是莫聽大命以傾（賦也老成人舊臣也典刑舊法也言非上帝為此不善之時但以殷不用舊致此禍爾雖無老成人與圖先王舊政然典刑尚在可以循守乃無聽用之者是以大命傾覆而不可救也）文王曰咨咨女殷商人亦有言顛沛之揭（紀竭去例二反）枝葉未有害

許曷瑕憩二反本實先撥音跋叶方吠、筆烈二反殷鑒不遠在夏后之世叶始制私列二反賦也顛沛仆拔也揭本根蹶起之貌撥猶絕也鑒視也夏后桀也　言大木揭然將蹶枝葉未有折傷而其根本之實已先絕然後此木乃相隨而顛拔爾蘇氏曰商周之衰典刑未廢諸侯未畔四夷未起而其君先爲不義以自絕於天莫可救止正猶此爾殷鑒在夏蓋爲文王歎紂之辭然周鑒之在殷亦可知矣

蕩八章章八句

抑抑威儀維德之隅人亦有言靡哲不愚庶人之愚亦職維疾叶集二反哲人之愚亦維斯戾賦也抑抑密也隅廉角也鄭氏曰人密審

於威儀者是其德必嚴正也故古之賢者道行心平可外占而知内如宫室之制内有繩直則外有廉隅也哲知庶衆職主戾反也衛武公作此詩使人日誦於側以自警言抑抑威儀乃德之隅則有哲人之德者固必有哲人之威儀矣而今之所謂哲者未嘗有其威儀則是無哲而不愚矣夫衆人之愚蓋有稟賦之偏宜有是疾不足為怪哲人而愚則反戾其常矣

無競維人四方其訓之有覺德行去聲四國順之訏音吁謨定命遠猶辰告叶古得反敬慎威儀維民之則

賦也競强也覺直大也訏大謨謀也大謀謂不為一身之謀而有天下之慮也定審定不改易也命號令也猶圖也遠謀謂不為一時之計而為長久之規也辰時告戒也辰告謂以時告戒也則法也

言天地之性人為貴故能盡人道則四方皆以為訓有覺德行則四國皆順從之故必大其謨定其命遠圖

時告敬其威儀然後可以為天下法也其在于今叶音經興迷亂于政叶音征顛覆厥德荒湛音耽于酒叶子小反女音汝雖湛樂音洛從弗念厥紹罔敷求先王克共音拱明刑叶胡光反賦也今武公自言己今日之所為也興尚也女武公使人誦詩而命己之辭也後凡言女言爾言小子者放此湛樂從言惟湛樂之是從也紹謂所承之緒也敷求先王廣求先王所行之道也共執刑法也肆皇天弗尚叶平聲如彼泉流無淪胥以亡夙興夜寐洒埽廷內維民之章脩爾車馬弓矢戎兵叶晡亡反用戒戎作用逷音剔蠻方賦也弗尚厭棄之也淪陷胥相章表戒脩戎兵作起逷遠也言天所不尚則無乃淪陷相與而亡如泉流之易乎是以內自

庭除之近外及蠻方之遠細而洒埽之常大而車馬戎兵之變慮無不周備無不飭也上章所謂訏謨定命遠猶辰告者於此見矣質爾人民謹爾侯度用戒不虞叶元具反慎爾出話敬爾威儀叶牛何反無不柔嘉叶居何反白圭之玷音點尚可磨也斯言之玷不可為也叶吾禾反賦也質成也定也諸侯所守之法度也虞慮話言柔安嘉善玷缺也言既治民守法防意外之患矣又當謹其言語蓋玉之玷缺尚可磨鑢使平言語一失莫能救之其戒深切矣故南容一日三復此章而孔子以其兄之子妻之無易去聲由言無曰苟矣莫捫音門朕舌言不可逝叶音折矣無言不讎叶市又反無德不報叶蒲救反惠于朋友叶羽己反庶民小子叶奬里反子

孫繩繩萬民靡不承賦也易輕捫持逝去讎荅承奉也言不可輕易其言蓋無人為我執持其舌者故言語由己易致差失常當執持不可放去也且天下之理無有言而不讎無有德而不報者若爾能惠于朋友庶民小子則子孫繩繩而萬民無不承矣皆謹言之效也視爾友君子輯音集柔爾顏叶魚堅反不遐有愆相去聲在爾室尚不愧于屋漏無曰不顯莫予云覯神之格叶剛鶴反思不可度入聲思矧可射音弋叶弋灼反思賦也輯和也遐何通愆過也尚庶幾也屋漏室西北隅也覯見也格至度測矧況也射斁通厭也言視爾友于君子之時和柔爾之顏色其戒懼之意常若自省曰豈不至于有過乎蓋常人之情其脩于顯者無不如此然視爾獨居于室之時亦當庶幾不愧于屋漏然後可爾無曰此非顯明之處而莫

予見也當知鬼神之妙無物不體其至於是有不可得而測者不顯亦臨猶懼有失況可厭射而不敬乎此言不但脩之于外又當戒謹恐懼乎其所不睹不聞也子思子曰君子不動而敬不言而信又曰夫微之顯誠之不可揜如此此正心誠意之極功而武公及之則亦聖賢之徒矣

辟爾為德俾臧俾嘉叶居何反淑慎爾止不愆于儀叶牛何反不僭不賊鮮上聲不為則投我以桃報之以李彼童而角實虹音紅小子叶獎里反賦

也辟君也指武公也止容止也僭差賊害則法也無角曰童虹潰亂也既戒以脩德之事而又言為德而人法之猶投桃報李之必然也彼謂不必脩德而可以服人者是牛羊之童者而求其角也亦徒潰亂汝而已豈可得哉

荏音飪染柔木言緡之絲叶新夷反温温恭人維德之

基其維哲人告之話言順德之行其維愚人覆謂我僭叶七尋反民各有心興也荏染柔貌柔木柔忍之木也緡綸也被之綸以為弓也話言古之善言也覆猶反也僭不信也民各有心言人心不同愚智相越之遠也於音烏乎音呼小子叶奬里反

未知臧否音鄙匪手攜之言示之事叶上止反匪面命之言提其耳借曰未知亦既抱子同上民之靡盈誰夙知而莫音暮成賦也非徒手攜之也而又示之以事非徒面命之也而又提其耳所以諭之者詳且切矣假令言汝未有知識則汝既長大而抱子宜有知矣人若不自盈滿能受教戒則豈有既早知而反晚成者乎

昊天孔昭叶音灼我生靡樂音洛視爾夢夢音蒙我心慘慘音懆叶七各反

誨爾諄諄音肫聽我藐藐音邈匪用為教叶入聲覆用為虐借曰未知亦聿既耄叶音莫賦也夢夢不明亂意也慘慘憂貌諄諄詳熟也藐藐忽略貌耄老也八十九十曰耄左史所謂年九十有五時也於乎小子告爾舊止聽用我謀庶無大悔叶虎委反天方艱難曰喪厥國叶于逼反取譬不遠昊天不忒回遹音聿其德俾民大棘賦也舊舊章也武曰久也止語辭庶幸悔恨忒差遹僻棘急也言天運方此艱難將喪厥國矣我之取譬夫豈遠哉觀天道禍福之不差忒則知之矣令汝乃回遹其德而使民至於困急則喪厥國也必矣

抑十二章三章章八句九章章十句楚語左史倚相曰昔衛武

公年數九十五矣猶箴戒於國曰自卿以下至于師長士苟在朝者無謂我老耄而舍我必恭恪于朝夕以交戒我在輿有旅賁之規位宁有官師之典倚几有誦訓之諫居寢有暬御之箴臨事有瞽史之道宴居有師工之誦史不失書矇不失誦以訓御之於是作懿戒以自儆及其沒也謂之睿聖武公韋昭曰懿讀為抑即此篇也董氏曰侯包言武公行年九十有五矣猶使人日誦是詩不離於其側然則序說為刺厲王者誤矣

菀音鬱彼桑柔其下侯旬捋力活反采其劉瘼音莫此下民不殄心憂倉音愴兄音況填兮倬彼昊天叶鐵因反寧不我矜比也菀茂旬偏劉殘殄絕也倉兄與愴怳同悲憫之意也填未詳舊說與陳塵同蓋言久也或疑與瘨字同為病之義但

台旻篇内二字並出又恐未然今姑闕之倬明貌舊說此為芮伯刺厲王而作春秋傳亦曰芮良夫之詩則其說是也以桑為比者桑之為物其葉最盛然及其采之也一朝而盡無黄落之漸故取以比周之盛時如葉之茂其隂無所不徧至於厲王肆行暴虐以敗其成業王室忽焉凋弊如桑之既采民失其蔭而受其病故君子憂之不絶於心悲憫之甚而至於病遂號天而訴之也

四牡騤騤旟旐有翩叶批賓反亂生不夷靡國不泯叶彌鄰反民靡有黎具禍以燼叶咨辛反於音烏乎有哀叶音依國步斯頻賦也夷平泯滅黎黑也謂黑首也具俱也燼灰燼也步猶運也頻急蹙也厲王之亂天下征役不息故其民見其車馬旌旗而厭苦之自此至第四章皆征役者之怨辭也

國步蔑資天不我將叶子兩反靡所止疑音屹叶如字

云徂何往君子實維秉心無競叶其兩反誰生厲階叶居奚反至今為梗音鯁叶古黨反賦也蔑滅資咨將養也疑讀如儀禮疑立之疑定也徂亦往也競爭厲惡梗病也言國將危亡天不我養居無所定徂無所往然非君子之有爭心也誰實為此禍階使至今為病乎蓋曰禍有根原其所從來也遠矣

憂心慇慇念我土宇我生不辰逢天僤怒叶暖五反自西徂東叶音丁靡所定處多我覯痻音民孔棘我圉賦也土鄉宇居辰時僤厚覯見痻病棘急圉邊也或曰禦也多矣我之見病也急矣我之在邊也

為謀為毖叶音必亂況斯削告爾憂恤誨爾序爵誰能執熱逝不以濯其何能淑載胥及溺叶奴學反賦也毖慎況滋也

序爵辨别賢否之道也執熱手執熱物也蘇氏曰王豈不謀且慎哉然而不得其道適所以長亂而自削耳故告之以其所當憂而誨之以序爵且曰誰能執熱而不濯者賢者之能已亂猶濯之能解熱耳不然則其何能善哉相與入於陷溺而已

如彼遡風叶孚音反亦孔之僾音愛民有肅心荓音烹云不逮好是稼穡力民代食稼穡維寶代食維好

賦也遡鄉僾唈肅進荓使也蘇氏曰君子視厲王之亂悶然如遡風之人唈而不能息雖有欲進之人皆使之曰世亂矣非吾所能及也於是退而稼穡盡其筋力與民同事以代祿食而已當是時也仕進之憂甚於稼穡之勞故曰稼穡維寶代食維好言雖勞而無患也

天降喪去聲亂滅我立王降此蟊賊稼穡卒痒音羊哀恫音通中國具贅音惴卒荒靡有

旅力以念穹蒼賦也恫痛具俱也贅屬也言危也春秋傳曰君若綴旒然與此贅同卒盡荒虛也旅與膂同穹蒼天也穹言其形蒼言其色言天降喪亂固已滅我所立之王矣又降此蟊賊則我之稼穡又病而不得以代食矣哀此中國皆危盡荒是以危困之極無力以念天禍也此詩之作不知的在何時其言滅我立王則疑其共和之後也

維此惠君民人所瞻叶側姜反秉心宣猶考慎其相去聲叶平聲維彼不順自獨俾臧自有肺腸俾民卒狂賦也惠順也順於義理也宣徧猶謀相輔狂惑也言彼順理之君所以為民所尊仰者以其能秉持其心周徧謀度考擇其輔相必衆以為賢而後用之彼不順理之君則自以為善而不考衆謀自有私見而不通衆志所以使民眩惑至於狂亂也

瞻彼中林甡甡音莘其鹿朋友已

譖音僭叶子林反不胥以穀人亦有言進退維谷興也甡甡衆多並行之貌譖不信也胥相穀善谷窮也言朋友相譖不能相善曾鹿之不如也言上無明君下有惡俗是以進退皆窮也

維此聖人瞻言百里維彼愚人覆狂以喜匪言不能胡斯畏忌叶巨已反賦也聖人炳於幾先所視而言者無遠而不察愚人不知禍之將至而反狂以喜今用事者蓋如此我非不能言也如此畏忌何哉言王暴虐人不敢諫也

維此良人弗求弗迪叶徒沃反維彼忍心是顧是復音伏民之貪亂寧為荼毒賦也迪進也忍殘忍也顧念復重也荼苦菜也味苦氣辛能殺物故謂之荼毒也言不求善人而進用之其所顧念重復而不已者乃忍心不仁之人民不堪命所以肆行貪亂而安為荼毒也

大風

有隧音遂有空大谷維此良人作爲式穀維彼不順征以中垢音茍叶居六反○興也隧道式用穀善也征以中垢未詳其義或曰征行也中隱暗也垢汙穢也大風之行有隧蓋多出於空谷之中以興下文君子小人所行亦各有道耳

大風有隧貪人敗類聽言則對誦言如醉匪用其良覆俾我悖叶蒲寐反○興也敗類猶言圮族也王使貪人爲政我以其或能聽我之言而對之然亦知其不能聽也故誦言而中心如醉由王不用善人而反使我至此悖眊也厲王說榮夷公芮良夫曰王室其將卑乎夫榮公好專利而不備大難夫利百物之所生也天地之所載也而或專之其害多矣此詩所謂貪人其榮公也與芮伯之憂非一日矣

嗟爾朋友予豈不知而作如彼飛蟲時亦弋獲叶胡

郭反既之陰去聲女反予來赫叶黑各反　賦也如彼飛蟲時亦弋獲言已之所言或亦有中猶曰千慮而一得也之往陰覆也赫威怒之貌我以言告女是往陰覆於女女反來加赫然之怒於已也張子曰陰往密告於女反謂我來恐動也亦通

民之罔極職涼善背叶必墨反為民不利如云不克民之回遹音聿職競用力　賦也職專也涼義未詳傳曰涼薄也鄭讀作諒信也疑鄭說為得之善背工為反覆也克勝也回遹邪僻也言民之所以貪亂而不知所止者專由此人名為直諒而實善背又言民之不利之事如恐不勝而力為之也又言民之所以邪僻者亦由此輩專競用力而然也反覆其言所以深惡之也

民之未戾職盜為寇涼曰不可覆背善詈音利雖曰匪予既作爾歌　賦也戾定也民之所以未定者

由有盜臣爲之寇也蓋其爲信也亦以小人爲不可矣及其反背也則又反爲惡言以詈君子是其色厲內荏真可謂穿窬之盜矣然其人又自文飾以爲此非我言也則我已作爾歌矣言得其情且事已著明不可掩覆也

桑柔十六章八章章八句八章章六句

倬彼雲漢昭回于天叶鐵因反王曰於音烏乎音呼何辜今之人天降喪去聲亂饑饉薦音荐臻靡神不舉靡愛斯牲叶桑經反圭璧既卒寧莫我聽平聲賦也雲漢天河也昭光回轉也言其光隨天而轉也薦荐通重也臻至也靡神不舉所謂國有凶荒則索鬼神而祭之也圭璧禮神之玉也卒盡寧猶何也舊說以爲宣王承

厲王之烈內有撥亂之志遇烖而懼側身脩行欲消去之天下喜於王化復行百姓見憂故仍叔作此詩以美之言雲漢者夜晴則天河明故述王仰訴於天之辭如此也　旱既大音泰甚蘊隆蟲蟲不殄禋祀自郊徂宮上下奠瘞靡神不宗后稷不克上帝不臨叶力中反耗斁音妬下土寧丁我躬賦也蘊蓄隆盛也蟲蟲熱氣也殄絕也郊祀天地也宮宗廟也上祭天下祭地奠其禮瘞其物宗尊也克勝也言后稷欲救此旱災而不能勝也臨享也稷以親言帝以尊言也斁敗丁當也何以當我之身而有是災也或曰與其耗斁下土寧使烖害當我身也亦通　旱既大甚則不可推吐雷反兢兢業業如霆如雷周餘黎民靡有孑遺叶夷回反昊天上帝則不我遺胡不

相畏先祖于摧音崔賦也摧去也兢兢恐也業業危也如霆如雷言畏之甚也孑無右臂貌遺餘也言大亂之後周之餘民無復有半身之遺者而上天又降旱災使我亦不見遺摧滅也言先祖之祀將自此而滅也

旱既大甚則不可沮上聲赫赫炎炎云我無所大命近止靡瞻靡顧叶果五反羣公先正則不我助叶牀所反父母先祖胡寧忍予叶演女反賦也沮止也赫赫旱氣也炎炎熱氣也無所無所容也大命近止死將至也瞻仰顧望也羣公先正月令所謂雩祀百辟卿士之有益於民者以祈穀實者也於羣公先正但言其不見助至父母先祖則以恩望之矣所謂垂涕泣而道之也

旱既大甚滌滌山川叶樞倫反旱魃音跋為虐如惔音談如焚叶符勻反我心憚暑憂心

如熏羣公先正則不我聞叶微匀反昊天上帝寧俾我遯叶徒匀反賦也滌滌言山無木川無水如滌而除之也魃旱神也惔燎之也憚勞也畏也熏灼遯逃也言天又不肯使我得逃遯而去也旱既大甚黽勉畏去胡寧瘨音顛我以旱憯七感反不知其故祈年孔夙方社不莫音慕昊天上帝則不我虞叶元具反敬恭明神宜無悔怒賦也黽勉畏去出無所之也瘨病憯曾也祈年孟春祈穀于上帝孟冬祈來年于天宗是也方祭四方也社祭土神也虞度悔恨也言天曾不度我之心如我之敬事明神宜可以無恨怒也旱既大甚散無友紀鞫哉庶正疚哉冢宰叶奬里反趣七口反馬師氏膳夫左右叶羽己反靡人不周

無不能止瞻卬音仰昊天云如何里賦也友紀猶言綱紀也或曰友疑作有鞫窮也庶正衆官之長也疚病也冢宰又衆長之長也趣馬掌馬之官師氏掌以兵守王門者膳夫掌食之官也歲凶年穀不登則趣馬不秣師氏弛其兵馳道不除祭事不縣膳夫徹膳左右布而不脩大夫不食粱士飲酒不樂周救也無不能止言諸臣無有一人不周救百姓者無有自言不能而遂止不為也里憂也與漢書無俚之俚同聊賴之意也

瞻卬昊天有嘒音暳其星大夫君子昭假音格無贏音盈大命近止無棄爾成何求為我以戾庶正叶諸盈反

瞻卬昊天曷惠其寧賦也嘒明貌昭明假至也久旱而仰天以望雨則有嘒然之明星未有雨徵也然羣臣竭其精誠而助王以昭假于天者已無餘矣雖今死亡將近而不可以棄其前功當益其

所以怡假者而脩之固非求為我之一身而已乃所以定衆正也於是語終又仰天而訴之曰果何時而惠我以安寧乎張子曰不敢斥言雨者畏懼之甚且不敢必云爾

雲漢八章章十句

崧（音嵩）高維嶽駿（音峻）極于天（叶鐵因反）維嶽降神生甫及申維申及甫維周之翰（叶胡干反）四國于蕃（叶分邅反）四方于宣（賦也）

山大而高曰崧嶽山之尊者東岱南霍西華北恒是也駿大也甫甫侯也即穆王時作呂刑者或曰此是宣王時人而作呂刑者之子孫也申申伯也皆姜姓之國也翰幹也蕃蔽也　宣王之舅申伯出封于謝而尹吉甫作詩以送之言嶽山高大而降其神靈和氣以生甫侯申伯實能為周之楨幹屏蔽而宣其德澤於天下也蓋申伯之

先神農之後為唐虞四嶽總領方嶽諸侯而奉嶽神之祭能脩其職嶽神享之故此詩推本申伯之所以生以為嶽降神而為之也

亹亹申伯王纘之事于邑于謝南國是式叶失吏反王命召伯叶逋莫反定申伯之宅叶達各反登是南邦叶卜工反世執其功賦也亹亹強勉之貌纘繼也使之繼其先世之事也邑國都之處也謝在今鄧州南陽縣周之南土也式使諸侯以為法也召公召穆公虎也登成也世世執其功言使申伯後世常守其功也或曰大封之禮召公之世職也

王命申伯式是南邦叶外功反因是謝人以作爾庸王命召伯徹申伯土田叶他因反王命傅御遷其私人賦也庸城也言因謝邑之人而為國也鄭氏曰庸功也為國以起其功也徹定其經界正其賦稅也傅御申伯

家臣之長也私人家人遷使就國也漢明帝送侯印與東平王蒼諸子而以手詔賜其國中傅蓋古制如此

申伯之功召伯是營有俶音蓄其城寢廟既成既成藐藐王錫申伯叶逋各反四牡蹻蹻鉤膺濯濯賦也俶始作也藐藐深貌蹻蹻壯貌濯濯光明貌

王遣申伯路車乘去聲馬叶滿補反我圖爾居莫如南土錫爾介圭以作爾寶叶音補往近王舅南土是保叶音補賦也介圭諸侯之封圭也近辭也

申伯信邁王餞音賤于郿音眉申伯還南謝于誠歸王命召伯徹申伯土疆以峙音痔其粻音張式遄音椽其行叶戶郎反賦也郿在今鳳翔府郿縣在鎬京之西岐周之東而申在鎬京之

東南時王在岐周故餞于郿也言信邁誠歸以見王之數留疑於行之不果故也峙積粻糧遄速也台伯之營謝也則已斂其稅賦積其餱糧使廬市有止宿之委積故能使申伯無留行也

申伯番番音波叶分邅反既入于謝徒御嘽嘽音灘周邦咸喜戎有良翰叶胡干反不顯申伯王之元舅文武是憲叶虛言反

賦也番番武勇貌嘽嘽衆盛也戎女也申伯既入於謝周人皆以為喜而相謂曰女今有良翰矣元長憲法也言文武之士皆以申伯為法也或曰申伯能以文王武王為法也

申伯之德柔惠且直揉汝久反此萬邦聞于四國音問叶于逼反吉甫作誦其詩孔碩其風肆好以贈申伯

賦也揉治也吉甫尹吉甫周之卿士誦工師所誦之辭也碩大風聲肆遂也

崧高八章章八句

天生烝民有物有則民之秉彝音夷好是懿德天監有周昭假音格于下叶後五反保茲天子生仲山甫賦也烝衆則法秉執彝常懿美監視昭明假至保祐也仲山甫樊侯之字也宣王命樊侯仲山甫築城于齊而尹吉甫作詩以送之言天生衆民有是物必有是則蓋自百骸九竅五臟而達之君臣父子夫婦長幼朋友無非物也而莫不有法焉如視之明聽之聰貌之恭言之順君臣有義父子有親之類是也是乃民所執之常性故其情無不好是美德者而況天之監視有周能以昭明之德感格于下故保祐之而為之生此賢佐曰仲山甫焉則所以鍾其秀氣而全其美德者又非特如凡民而已也昔孔子讀詩至此而賛之曰為此詩者其知道乎故有物必有則民之秉彝

也故好是懿德而孟子引之以證性善之說其旨深矣讀者其致思焉

仲山甫之德柔嘉維則令儀令色小心翼翼古訓是式威儀是力天子是若明命使賦

賦也嘉美令善也儀威儀也色顏色也翼翼恭敬貌古訓先王之遺典也式法力勉若順賦布也　東萊呂氏曰柔嘉維則不過其則也過其則斯為弱不得謂之柔嘉矣令儀令色小心翼翼言其表裏柔嘉也古訓是式威儀是力言其學問進脩也天子是若明命使賦言其發而措之事業也此章蓋備舉仲山甫之德

王命仲山甫式是百辟音璧纘戎祖考王躬是保出納王命王之喉舌賦政于外四方爰發叶方月反

賦也式法戎女也王躬是保所謂保其身體者也然則仲山甫蓋以冢宰兼太保而太保抑其世官也與出承而

布之也納行而復之也喉舌所以出言也發發而應之也東萊呂氏曰仲山甫之職外則總領諸侯內則輔養君德入則典司政本出則經營四方此章蓋備舉仲山甫之職

肅肅王命仲山甫將之邦國若否音鄙仲山甫明叶謨郎反之既明且哲以保其身夙夜匪解音懈以事一人賦也肅肅嚴也將奉行也若順也順否猶臧否也明謂明於理哲謂察於事保身蓋順理以守身非趨利避害而偷以全軀之謂也解怠也一人天子也

人亦有言柔則茹音汝之剛則吐之維仲山甫柔亦不茹剛亦不吐不侮矜音鰥寡叶果五反不畏彊禦賦也人亦有言世俗之言也茹納也 不茹柔故不侮矜寡不吐剛故不畏彊禦以此觀之則仲山甫之柔嘉非軟美之謂而其保身非嘗枉道以徇人

可知矣

人亦有言德輶音酉如毛民鮮上聲克舉之我儀圖叶丁五反之維仲山甫舉之愛莫助叶牀五反之袞職有闕維仲山甫補之賦也輶輕儀度圖謀也袞職王職也天子龍袞不敢斥言王闕故曰袞職有闕也言人皆言德甚輕而易舉然人莫能舉也我於是謀度其能舉之者則惟仲山甫而已是以心誠愛之而恨其不能有以助之蓋愛之者秉彝好德之性也而不能助者能舉與否在彼而已固無待於人之助而亦非人之所能助也至於王職有闕夫亦維仲山甫獨能補之蓋惟大人然後能格君心之非未有不能自舉其德而能補君之闕者也

仲山甫出祖四牡業業征夫捷捷每懷靡及叶極業反四牡彭彭叶鋪郎反八鸞鏘鏘王命仲山甫城彼東方賦也祖行

祭也業業健貌捷捷疾貌東方齊也傳曰古者諸侯之居逼隘則王者遷其邑而定其居蓋去薄姑而遷於臨菑也孔氏曰史記齊獻公元年徙薄姑都治臨菑計獻公當夷王之時與此傳不合豈徙於夷王之時至是而始備其城郭之守與

四牡騤騤音逵八鸞喈喈音皆叶居奚反仲山甫徂齊式遄其歸吉甫作誦穆如清風叶孚愔反仲山甫永懷以慰其心

賦也式遄其歸不欲久于外也穆深長也清風清微之風化養萬物者也以其遠行而有所懷思也故以此詩慰其心焉曾氏曰賦政於外雖仲山甫之職然保王躬補王闕尤其所急城彼東方其心永懷蓋有所不安者尹吉甫知之作誦而告以遄歸所以安其心也

烝民八章章八句

奕奕梁山維禹甸之有倬其道韓侯受命王親命之纘戎祖考無廢朕命夙夜匪解(音懈叶訖力反)虔共爾位朕命不易榦(音幹)不庭方以佐戎辟(音壁)

賦也奕奕大也梁山韓之鎮也今在同州韓城縣甸治也倬明貌韓國名侯爵武王之後也受命蓋即位除喪以士服入見天子而聽命也纘繼戎女也言王錫命之使繼世而為諸侯也虔敬易改榦正也不庭方不來庭之國也辟君也此又戒之以脩其職業之辭也韓侯初立來朝始受王命而歸詩人作此以送之序亦以為尹吉甫作今未有據下篇云召穆公凡伯者放此

四牡奕奕孔脩且張韓侯入覲以其介圭入覲于王王錫韓侯淑旂綏章簟茀錯衡(叶戶郎反)玄袞赤舄鉤膺鏤

音漏鍚音羊鞹音郭鞃淺幭音覓鞗音條革金厄叶於栗反賦也脩長張大也介圭封圭執之為贄以合瑞于王也淑善也交龍曰旂綏章染鳥羽或旄牛尾為之注於旂竿之首為表章者也鏤刻金也馬眉上飾曰鍚今當盧也鞹去毛之革也鞃式中也謂兩較之間橫木可憑者以鞹持之使牢固也淺虎皮也幭覆式也字一作幦又作幎以有毛之皮覆式上也鞗革轡首也金厄以金為環纓搤轡首也

韓侯出祖出宿于屠顯父音甫餞之清酒百壺其殽維何炰音庖鼈鮮魚其蔌音速維何維筍音笋及蒲其贈維何乘去聲馬路車籩豆有且音疽侯氏燕胥賦也既覲而反國必祖者尊其所往去則如始行焉屠地名或曰即杜也顯父周之卿士也蔌菜殽也筍竹萌也蒲蒲蒻也且多貌侯氏覲禮諸侯來朝者之

稱胥相也或曰語辭韓侯取去聲妻汾音焚王之甥蹶音媿父音甫之子

叶奬里反韓侯迎去聲止于蹶之里百兩音亮又如字彭彭叶蒲郎反八鸞鏘鏘不顯其光諸娣音第從之祁祁如雲韓侯顧之爛其盈門叶眉貧反

賦也此言韓侯既覲而還遂以親迎也汾王厲王也厲王流于彘在汾水之上故時人以目王焉猶言莒郊公黎比公也蹶父周之卿士姞姓也諸娣諸侯一娶九女二國媵之皆有娣姪也祁祁徐靚也如雲衆多也

蹶父孔武靡國不到為去聲韓姞音佶相去聲攸莫如韓樂音洛叶力告反孔樂韓土川澤訏訏音許魴鱮甫甫麀鹿噳噳音語有熊有羆有貓苗茅二音有虎慶既令居叶斤御斤

於二反韓姞燕譽叶羊如羊諸二反賦也韓姞蹶父之子韓侯妻也相攸擇可嫁之所也訏訏甫甫大也噳噳衆也貓似虎而淺毛慶喜令善也喜其有此善居也燕安譽樂也溥彼韓城燕平聲師所完以先祖受命因時百蠻王錫韓侯其追其貊音麥奄受北國因以其伯實墉實壑實畝實籍獻其貔音毗皮赤豹黃羆賦也溥大也燕召公之國也師衆也追貊夷狄之國也墉城壑池籍稅也貔猛獸名韓初封時召公為司空王命以其衆為築此城如召伯營謝山甫城齊春秋諸侯城邢城楚丘之類也王以韓侯之先因是百蠻而長之故錫之追貊使為之伯以脩其城池治其田畝正其稅法而貢其所有于王也

韓奕六章章十二句

江漢浮浮武夫滔滔(叶他侯反)匪安匪遊淮夷來求既出我車既設我旟匪安匪舒淮夷來鋪(賦也浮浮水盛貌滔滔順流貌淮夷夷之在淮上者也鋪陳也陳師以伐之也宣王命召穆公平淮南之夷詩人美之此章總序其事言行者皆莫敢安徐而曰吾之來也惟淮夷是求是伐耳)

江漢湯湯(音傷)武夫洸洸(音光)經營四方告成于王四方既平王國庶定(叶唐丁反)時靡有爭(叶甾陘反)王心載寧(賦也洸洸武貌庶幸也此章言既伐而成功也)

江漢之滸(音虎)王命召虎式辟(音闢)四方徹我疆土匪疚匪棘王國來極

于疆于理至于南海叶虎委反　賦也虎召穆公名也辟與闢同徹井其田也疚病棘急也極中之表也居中而為四方所取正也言江漢既平王又命召公闢四方之侵地而治其疆界非以病之非以急之也但使其來取正于王國而已於是遂疆理之盡南海而止也

王命召虎來旬來宣文武受命召公維翰叶胡干反無曰予小子叶奬里反召公是似叶養里反肇敏戎公用錫爾祉　賦也旬徧宣布也自江漢之滸言之故曰來召公召康公奭也翰榦也予小子王自稱也肇開戎女公功也　又言王命召虎來此江漢之滸徧治其事以布王命而曰昔文武受命惟召公為楨榦今女無曰以予小子之故也但自為嗣女召公之事耳能開敏女功則我當錫女以祉福如下章所云也

釐音爾爾圭瓚才旱反秬音巨鬯音暢一卣

音酉告于文人錫山土田叶他因反于周受命叶滿并反自召祖命

虎拜稽首天子萬年叶彌因反　賦也釐賜卣尊也文人先祖之有文德者謂文王也周岐周也召祖召公之祖康公也　此序王賜召公策命之辭言錫爾圭瓚秬鬯者使之以祀其先祖又告于文人而錫之山川土田以廣其封邑蓋古者爵人必于祖廟示不敢專也又使往受命于岐周從其祖康公受命於文王之所以寵異之而召公拜稽首以受王命之策書也人臣受恩無可以報謝者但言使君壽考而已

虎拜稽首對揚王休叶虛久反作召公考叶去久反天子萬壽叶殖酉反

明明天子叶獎里反令聞不已矢其文德洽此四國叶越逼反　賦也對答揚稱休美考成矢陳也　言穆公既受賜遂答稱天子之美命作康公之廟器而勒王策命

之辭以考其成且祝天子以萬壽也古器物銘云郃拜稽首敢對揚天子休命用作朕皇考龔伯尊敦郃其眉壽萬年無疆語正相類但彼自祝其壽而此祝君壽耳既又美其君之令聞而進之以不已勸其君以文德而不欲其極意於武功古人愛君之心於此可見矣

江漢六章章八句

赫赫明明王命卿士（叶音所）南仲大（音泰）祖大師皇父（音甫）整我六師以脩我戎（叶音汝）既敬既戒（叶訖力反）惠此南國（叶越逼反）

賦也卿士即皇甫之官也南仲見出車篇大祖始祖也大師皇父之兼官也我爲宣王之自我也戎兵器也宣王自將以伐淮北之夷而命卿士之謂南仲為大祖兼大師而字皇父者整治其從行之六軍脩其戎事

以除淮夷之亂而惠此南方之國詩人作此以美之必言南仲大祖者稱其世功以美大之也　王謂尹氏命程伯休父左右陳行_{音杭}戒我師旅率彼淮浦省此徐土不留不處三事就緒_{音序}

賦也尹氏吉甫也蓋為內史掌策命卿大夫也程伯休父周大夫三事未詳或曰三農之事也言王詔尹氏策命程伯休父為司馬使之左右陳其行列循淮浦而省徐州之土蓋伐淮夷徐州之夷也上章既命皇父而此章又命程伯休父者蓋王親命大師以三公治其軍事而使內史命司馬以六卿副之耳

赫赫業業_{叶宜卻反}有嚴天子王舒保作匪紹匪遊徐方繹騷_{叶蘇侯反}震驚徐方如雷如霆徐方震驚

賦也赫赫顯也業業大也嚴威也天子是將其威可畏也王舒保作未詳其義或曰舒徐

保安作行也言王師舒徐而安行也紹糾緊也遊遨遊也繹連絡也騷擾動也　夷厲以來周室衰弱至是而天子自將以征不庭其師始出不疾不徐而徐方之人皆已震動如雷霆作於其上不遑安矣

王奮厥武如震如怒叶暖五反進厥虎臣闞音喊如虓音哮虎鋪平聲敦淮濆音焚仍執醜虜截彼淮浦王師之所賦也進鼓而進之也闞怒怒之貌虓虎虎之自怒也鋪布也布其師旅也敦厚也厚集其陳也仍就也老子曰攘臂而仍之截截然不可犯之貌

王旅嘽嘽音灘如飛如翰如江如漢如山之苞叶鋪鉤反如川之流緜緜翼翼不測不克濯征徐國叶越逼反賦也嘽嘽衆盛貌翰羽苞本也如飛如翰疾也如江如漢衆也如山不可動也如川不可禦也緜緜不可絕也翼翼不可亂也不

測不可知也不克不可勝也濯大也王猶允塞徐方既來叶六直反徐方既同天子之功四方既平徐方來庭徐方不回王曰還歸叶古回反賦也猶道允信塞實庭朝回違也還歸班師而歸也前篇名公師師以出歸告成功故備載其褒賞之辭此篇王實親行故於卒章反復其辭以歸功於天子言王道甚大而遠方懷之非獨兵威然也序所謂因以為戒者非也

常武六章章八句

瞻卬音仰昊天則不我惠孔填不寧降此大厲邦靡有定士民其瘵音債叶側例反蟊音牟賊蟊疾靡有夷屆音戒叶居氣反罪罟

不收靡有夷瘳音抽賦也填久厲亂瘵病也蟊賊害苗之蟊也疾害夷平屆極罟網也此刺幽王嬖褒姒任奄人以致亂之詩首言昊天不惠而降亂無所歸咎之辭也蘇氏曰國有所定則民受其福無所定則受其病於是有小人為之蟊賊刑罪為之網罟凡此皆民之所以病也

人有土田女音汝反有酉由二音之人有民人女覆奪之此宜無罪女反收殖酉殖由二反之彼宜有罪女覆說音脫之賦也反覆收拘說赦也

哲夫成城哲婦傾城懿厥哲婦為梟為鴟婦有長舌維厲之階叶居奚反亂匪降自天叶鐵因反生自婦人匪教匪誨叶呼位反時維婦寺賦也哲知也城猶國也哲婦蓋指褒姒也傾覆懿美也梟鴟惡聲之鳥也長舌能多言者

也階梯也寺奄人也　言男子正位乎外為國家之主故有知則能立國婦人以無非無儀為善無所事哲哲則適以覆國而已故此懿美之哲婦而反為梟鴟蓋以其多言而能為禍亂之梯也若是則亂豈真自天降如首章之說哉特由此婦人而已蓋其言雖多而非有教誨之益者是惟婦人與奄人耳豈可近哉上文但言婦人之禍末句兼以奄人為言蓋二者常相倚而為奸不可不并以為戒也歐陽公嘗言宦者之禍甚于女寵其言尤為深切有國家者可不戒哉

鞫人忮音志忒譖音僭始竟背音佩叶必墨反豈曰不極伊胡為慝如賈音古三倍君子是識婦無公事休其蠶織賦也鞫窮忮害忒變也譖不信也竟終背反極已慝惡也賈居貨者也三倍獲利之多也公事朝廷之事蠶織婦人之業　言婦寺能以其智辯窮人之言其心忮害而變詐無常既以僭妄倡始于前

而終或不驗于後則亦不復自謂其言之放恣無所極已而反曰是何足為慝乎夫商賈之利非君子之所宜識如朝廷之事非婦人之所宜與也今賈三倍而君子識其所以然婦人無與朝廷之事而舍其蠶織圖之則豈不為慝哉

天何以刺叶音砌何神不富叶方味反舍音捨爾介狄維予胥忌不弔不祥威儀不類人之云亡邦國殄瘁賦也

刺責介大胥相弔閔也言天何用責王神何用不富王哉凡以王信用婦人之故也是必將有夷狄之大患今王舍之不忌而反以我之正言不諱為忌何哉夫天之降不祥庶幾王懼而自脩今王遇災而不恤又不謹其威儀又無善人以輔之國國之殄瘁宜矣或曰介狄即指婦寺猶所謂女戎者也

天之降罔維其優矣人之云亡心之憂矣天之降罔維其幾矣人

之云亡心之悲矣賦也罔罟僾多幾近也蓋承上章之意而重言之以警王也觱音必沸音弗檻胡覽反泉維其深矣心之憂矣寧自今矣不自我先不自我後叶下五反藐藐昊天無不克鞏叶音古無忝皇祖式救爾後興也觱沸泉涌貌檻泉泉正出者藐藐高遠貌鞏固也言泉水瀵涌上出其源甚深矣我心之憂亦非適今日然也然而禍亂之極適當此時蓋已無可為者惟天高遠雖若無意於物然其功用神明不測雖危亂之極亦無不能鞏固之者幽王苟能改過自新而不忝其祖則天意可回來者猶必可救而子孫亦蒙其福矣

瞻卬七章三章章十句四章章八句

旻天疾威天篤降喪去聲叶桑郎反瘨音顛我饑饉民卒流亡我居圉音語卒荒賦也篤厚瘨病卒盡也居國中也圉邊陲也此刺幽王任用小人以致饑饉侵削之詩也

天降罪罟蟊賊內訌音紅昏椓音卓靡共音恭潰潰回遹實靖夷我邦叶卜工反賦也訌潰也昏椓昏亂椓喪之人也共與恭同一說與供同謂供其職也潰潰亂也回遹邪僻也靖治夷平也言此蟊賊昏椓者皆潰亂邪僻之人而王乃使之治平我邦所以致亂也

皐皐訿訿音紫曾不知其玷音店兢兢業業孔填不寧我位孔貶賦也皐皐頑慢之意訿訿務為謗毀也玷缺也填久也言小人在位所為如此而王不知其缺至於戒敬恐懼甚久而不寧者其位乃更見貶黜其顛倒錯亂之甚如此

如彼歲

旱草不潰茂如彼棲（音西）苴（七如反）我相（去聲）此邦無不潰止

賦也潰遂也棲苴水中浮草棲于木上者言枯槁無潤澤也相視潰亂也

維昔之富不如時維今之疚不如茲彼疏斯粺（音敗）胡不自替職兄（音況）斯引

賦也時是疚病也疏糲也粺則精矣替廢也兄怳同引長也　言昔之富未嘗若是之疚也而今之疚又未有若此之甚也彼小人之與君子如疏與粺其分審矣而曷不自替以避君子乎而使我心專為此故至于愴怳引長而不能自已也

池之竭矣不云自頻泉之竭矣不云自中（叶諸仍反）溥斯害矣職兄斯弘不烖我躬（叶姑弘反）

賦也頻厓溥廣弘大也　池水之鍾也泉水之發也故池之竭由外之不入泉之竭由內之不出言禍亂有所從起而今不云然

也此其為害亦已廣矣是使我心專為此故至於愴怳日益弘大而憂之曰是豈不烖及我躬也乎

昔先王受命有如召公日辟音闢國百里今也日蹙音蹴國百里於音烏乎音呼哀哉維今之人不尚有舊叶巨已反

賦也先王文武也召公康公也辟開蹙促也文王之世周公治內召公治外故周人之詩謂之周南諸侯之詩謂之召南所謂日辟國百里云者言文王之化自北而南至于江漢之間服從之國日以益衆及虞芮質成而其旁諸侯聞之相帥歸周者四十餘國焉今謂幽王之時蹙國蓋犬戎內侵諸侯外畔也又歎息哀痛而言今世雖亂豈不猶有舊德可用之人哉言有之而不用耳

召旻七章四章章五句三章章七句

因其首章稱旻天卒章稱

名公故謂之名旻以别小旻也

蕩之什十一篇九十二章七百六十九句

詩經集傳卷七

欽定四庫全書

詩經集傳卷八

宋 朱子 撰

頌四 頌者宗廟之樂歌大序所謂美盛德之形容以其成功告於神明者也葢頌與容古字通用故序以此言之周頌三十一篇多周公所定而亦或有康王以後之詩魯頌四篇商頌五篇因亦以類附焉凡五卷

周頌清廟之什四之一

於音烏穆清廟肅雝顯相去聲濟濟上聲多士秉文之德對越

在天駿奔走在廟不顯不承無射音亦於人斯賦也於歎辭穆深遠也清清靜也肅敬雝和顯明相助也謂助祭之公卿諸侯也濟濟衆也多士與祭執事之人也越於也駿大而疾也承尊奉也斯語辭 此周公既成洛邑而朝諸侯因率之以祀文王之樂歌言於穆哉此清靜之廟其助祭之公侯皆敬且和而其執事之人又無不執行文王之德既對越其在天之神而又駿奔走其在廟之主如此則是文王之德豈不顯乎豈不承乎信乎其無有厭斁於人也

清廟一章八句書稱王在新邑烝祭歲文王騂牛一武王騂牛一實周公攝政之七年而此其升歌之辭也書大傳曰周公升歌清廟苟在廟中嘗見文王者愀然如復見文王焉樂記曰清廟之瑟朱弦而疏越壹倡而三歎有遺音者矣鄭氏曰朱弦練朱弦練則聲濁越瑟底孔也疏

之使聲遲也倡發歌句也三歎三人從歎之耳漢因秦樂乾豆上奏登歌獨上歌不以筦絃亂人聲欲在位者徧聞之猶古清廟之歌也

維天之命於音烏穆不已於同上乎音呼不顯文王之德之純

賦也天命即天道也不已言無窮也純不雜也此亦祭文王之詩言天道無窮而文王之德純一不雜與天無閒以贊文王之德之盛也子思子曰維天之命於穆不已蓋曰天之所以為天也於乎不顯文王之德之純蓋曰文王之所以為文也純亦不已程子曰天道不已文王純於天道亦不已純則無二無雜不已則無閒斷先後

假以溢我我其收之駿惠我文王曾孫篤之

何之為假聲之轉也恤之為溢字之訛也收受駿大惠順也曾孫後王也篤厚也　言文王之神將何以恤我乎有則我當受

之以大順文王之道後王又當篤厚之而不忘也

維天之命一章八句

維清緝熙文王之典肇禋音因迄音肸用有成維周之禎賦也清清明也緝續熙明肇始禋祀迄至也此亦祭文王之詩言所當清明而緝熙者文王之典也故自始祀至今有成實維周之禎祥也然此詩疑有闕文焉

維清一章五句

烈文辟音壁公錫茲祉福惠我無疆子孫保之賦也烈光也辟公諸侯也此祭於宗廟而獻助祭諸侯之樂歌言諸侯助祭使我獲福則是諸侯錫此祉福而惠我以無疆使我

子孫保之也無封靡于爾邦維王其崇之念茲戎功繼序其皇之封靡之義未詳或曰封專利以自封殖也靡汰侈也崇尊尚也戎大皇大也　言汝能無封靡于汝邦則王當尊汝又念汝有此助祭錫福之大功則使汝之子孫繼序而益大之也無競維人四方其訓之不顯維德百辟其刑之於音烏乎音呼前王不忘又言莫强於人莫顯於德先王之德所以人不能忘者用此道也此戒飭而勸勉之也中庸引不顯惟德百辟其刑之而曰故君子篤恭而天下平大學引於乎前王不忘而曰君子賢其賢而親其親小人樂其樂而利其利此以沒世不忘也

烈文一章十三句此篇以公疆兩韻相叶未審當從何讀意亦可互用也

天作高山大音泰王荒之彼作矣文王康之彼岨矣岐有夷之行叶户郎反子孫保之賦也高山謂岐山也荒治康安也岨岨險僻之意也夷平行路也此祭大王之詩言天作岐山而大王始治之大王既作而文王又安之於是彼險僻之岐山人歸者衆而有平易之道路子孫當世世保守而不失也

天作一章七句

昊天有成命二后受之成王不敢康夙夜基命宥密於音烏緝熙單厥心肆其靖之賦也二后文武也成王名誦武王之子也基積累於下以承藉乎上者也宥宏深也密靜密也於歎辭靖安也此詩多道成王之德疑祀成王之詩也言天祚周以天

下既有定命而文武受之矣成王繼之又能不敢康寧而其夙夜積德以承藉天命者又宏深而靜密是能繼續光明文武之業而盡其心故今能安靜天下而保其所受之命也國語叔向引此詩而言曰是道成王之德也成王能明文昭定武烈者也以此證之則其為祀成王之詩無疑矣

昊天有成命一章七句　此康王以後之詩

我將我享維羊維牛維天其右（叶音由）之　賦也將奉享獻右尊也神坐東向在饌之右所以尊之也　此宗祀文王於明堂以配上帝之樂歌言奉其牛羊以享上帝而曰天庶其降而在此牛羊之右乎蓋不敢必也

儀式刑文王之典日靖四方伊嘏（音假）文王既右饗（叶虛良反）之　儀式刑皆法也嘏錫福也　言我儀式刑文王之典以靖天下則此能錫

福之文王既降而在此之右以饗我祭若有以見其必然矣我其夙夜畏天之威于時保之又言天與文王既皆右享我矣則我其敢不夙夜畏天之威以保天與文王所以降鑒之意乎

我將一章十句程子曰萬物本乎天人本乎祖故冬至祭天而以祖配之以冬至氣之始也萬物成形於帝而人成形於父故季秋享帝而以父配之以季秋成物之時也陳氏曰古者祭天於圜丘掃地而行事器用陶匏牲用犢其禮極簡聖人之意以為未足以盡其意之委曲故於季秋之月有大享之禮焉天即帝也郊而曰天所以尊之也故以后稷配焉后稷遠矣配稷於郊亦以尊稷也明堂而曰帝所以親之也以文王配焉文王親也配文王於明堂亦以親文王也尊尊而親親周道備矣然則郊者古禮而明堂者周制也周公以義起之也東萊吕氏曰於天維庶其饗之

不敢加一辭焉於文王則言儀式其典日靖四方天不待贊法文王所以法天也卒章惟言畏天之威而不及文王者統於尊也畏天所以畏文王也天與文王一也

時邁其邦昊天其子之賦也邁行也邦諸侯之國也周制十有二年王巡狩殷國柴望祭告諸侯畢朝　此巡守而朝會祭告之樂歌也言我之以時巡行諸侯也天其子我乎哉蓋不敢必也實右序有周薄言震之莫不震疊懷柔百神及河喬嶽允王維后右尊序次震動疊懼懷來柔安允信也　既而曰天實右序有周矣是以使我薄言震之而四方諸侯莫不震懼又能懷柔百神以至於河之深廣嶽之崇高而莫不感格則是信乎周王之為天下君矣

明昭有周式序在位載戢干戈載櫜音高弓矢我求懿德

肆于時夏允王保之戢聚櫜韜肆陳也夏中國也又言明昭乎我周也既以慶讓黜陟之典式序在位之諸侯又收斂其干戈弓矢而益求懿美之德以布陳于中國則信乎王之能保天命也或曰此詩即所謂肆夏以其有肆于時夏之語而命之也

時邁一章十五句春秋傳曰昔武王克商作頌曰載戢干戈而外傳又以為周文王之頌則此詩乃武王之世周公所作也外傳又曰金奏肆夏樊遏渠天子以饗元侯也韋昭注云肆夏一名樊韶夏一名遏納夏一名渠即周禮九夏之三也呂叔玉云肆夏時邁也樊遏執競也渠思文也

執競武王無競維烈不顯成康上帝是皇賦也此祭武王成王康王

之詩競強也言武王持其自強不息之心故其功烈之盛天下莫得而競豈不顯哉成王康王之德亦上帝之所君也

自彼成康奄有四方斤斤去聲其明叶謨郎反○斤斤明之察也言成康之德明著如此也

鐘鼓喤喤音橫磬筦音管將將音搶降福穰穰音攘喤喤和也將將集也穰穰多也言今作樂以祭而受福也

降福簡簡威儀反反既醉既飽福祿來反簡簡大也反反謹重也反覆也言受福之多而愈益謹重是以既醉既飽而福祿之來反覆而不厭也

執競一章十四句此昭王以後之詩國語說見前篇

思文后稷克配彼天立我烝民莫匪爾極貽我來牟帝

命率育叶曰逼反無此疆爾界叶訖力反陳常于時夏賦也思語辭文言有文德也立粒通極至也德之至也貽遺也來小麥牟大麥也率徧育養也　言后稷之德真可配天蓋使我烝民得以粒食者莫非其德之至也且其貽我民以來牟之種乃上帝之命以此徧養下民者是以無有遠近彼此之殊而得以陳其君臣父子之常道於中國也或曰此詩即所謂納夏者亦以其有時夏之語而命之也

思文一章八句國語說見時邁篇

清廟之什十篇十章九十五句

周頌臣工之什四之二

嗟嗟臣工敬爾在公王釐音離爾成來咨來茹音孺賦也嗟嗟重

歎以深勅之也臣工羣臣百官也公公家也釐賜也成成法也茹度也此戒農官之詩先言王有成法以賜女女當來咨度也

嗟嗟保介維莫音慕之春亦又何求如何新畬音余於音烏皇來牟將受厥明明昭上帝迄用康年命我衆人庤音峙乃錢音翦鎛音博奄觀銍音質艾音刈

保介見月令呂覽其說不同然皆為耤田而言蓋農官之副也莫春斗柄建辰夏正之三月也畬三歲田也於皇歎美之辭來牟麥也明上帝之明賜也言麥將熟也迄至也康年猶豐年也衆人甸徒也庤具錢銚鎛鉏皆田器也銍穫禾短鐮也艾穫也此乃言所戒之事言三月則當治其新畬矣今如何哉然麥已將熟則可以受上帝之明賜而此明昭之上帝又將賜我新畬以豐年也於是命甸徒具農器以治其新畬而又將忽見其收成也

臣工一章十五句

噫嘻成王既昭假(音格)爾率時農夫播厥百穀駿發爾私終三十里亦服爾耕十千維耦(叶音擬)賦也噫嘻亦歎辭也昭明假格也爾田官也時是駿大發耕也私私田也三十里萬夫之地四旁有川內方三十三里有奇言三十里舉成數也耦二人竝耕也此連上篇亦戒農官之辭昭假爾猶言格汝衆庶葢成王始置田官而嘗戒命之也爾當率是農夫播其百穀使之大發其私田皆服其耕事萬人為耦而竝耕也葢耕本以二人為耦今合一川之衆為言故云萬人畢出幷力齊心如合一耦也此必鄉遂之官司稼之屬其職以萬夫為界者溝洫用貢法無公田故皆謂之私蘇氏曰民曰雨我公田遂及我私而君曰駿發爾私終三十里其上下之閒交相忠愛如此

噫嘻一章八句

振鷺于飛于彼西雝我客戾止亦有斯容賦也振鷺飛貌鷺白鳥雝澤也客謂二王之後夏之後杞商之後宋於周為客天子有事膰焉有喪拜焉者也　此二王之後來助祭之詩言鷺飛于西雝之水而我客來助祭者其容貌修整亦如鷺之潔白也或曰興也在彼無惡在此無斁叶丁故反庶幾夙夜叶羊茹反以永終譽彼其國也在國無惡之者在此無厭之者如是則庶幾其能夙夜以永終此譽矣陳氏曰在彼不以我革其命而有惡於我知天命無常惟德是與其心服也在我不以彼墜其命而有厭於彼崇德象賢統承先王忠厚之至也

振鷺一章八句

豐年多黍多稌音杜亦有高廩力錦反萬億及秭浴履反為酒為醴烝畀祖妣以洽百禮降福孔皆叶舉里反 賦也稌稻也黍宜高燥而寒稌宜下濕而暑黍稌皆熟則百穀無不熟矣亦助語辭數萬至萬曰億數億至億曰秭烝進畀予洽備皆徧也此秋冬報賽田事之樂歌蓋祀田祖先農方社之屬也言其收入之多至於可以供祭祀備百禮而神降之福將甚徧也

豐年一章七句

有瞽有瞽在周之庭 賦也瞽樂官無目者也序以此為始作樂而合乎祖之詩兩句總序其事也 設業設虡音巨崇牙樹羽應田縣鼓鞉音桃磬柷尺叔反

圉音語既備乃奏叶音祖簫管備舉以上叶瞽字業虡崇牙見靈臺篇樹羽置五采之羽於崇牙之上也應小鞞田大鼓也鄭氏曰田當作朄小鼓也縣鼓周制也夏后氏足鼓殷楹鼓周縣鼓鞉如鼓而小有柄兩耳持其柄搖之則旁耳還自擊磬石磬也柷狀如漆桶以木為之中有椎連底挏之令左右擊以起樂者也圉亦作敔狀如伏虎背上有二十七鉏鋙刻以木長尺櫟之以止樂者也簫編小竹管為之管如篴併兩而吹之者也

喤喤音橫厥聲肅雝和鳴先祖是聽我客戾止永觀厥成以上叶庭字我客二王後也觀視也成樂闋也如簫韶九成之成獨言二王後者猶言虞賓在位我有嘉客蓋尤以是為盛耳

有瞽一章十三句

猗於宜反與音余漆沮七余反潛有多魚有鱣張連反有鮪叶于軌反鰷音條鱨音常鰋音偃鯉以享以祀叶逸織反以介景福叶筆力反賦也猗與歎辭潛槮也蓋積柴養魚使得隱藏避寒因以薄圍取之也或曰藏之深也鰷白鰷也月令季冬命漁師始漁天子親往乃嘗魚先薦寢廟季春薦鮪于寢廟此其樂歌也

潛一章六句

有來雝雝與公叶篇內同至止肅肅相息亮反維辟音璧公天子穆穆賦也雝雝和也肅肅敬也相助祭也辟公諸侯也穆穆天子之容也此武王祭文王之詩言諸侯之來皆和且敬以助我之祭事而天子有穆穆之容也於音烏薦廣牡相同上予肆祀叶養

里反假古雅反哉皇考叶音口綏予孝子叶獎里反於歎辭廣牡大牲也肆陳假

大也皇考文王也綏安也孝子武王自稱也言此和敬之諸侯薦大牲以助我之祭事而大哉之文王庶其

享之以安我孝子之心也宣哲維人文武維后燕及皇天叶鐵因反克昌

厥後宣通哲知燕安也此美文王之德宣哲則盡人之道文武則備君之德故能安人以及於天而克

昌其後嗣也蘇氏曰周人以諱事神文王名昌而此詩曰克昌厥後何也曰周之所謂諱不以其名號之耳不

遂廢其文也諱其名而廢其文者周禮之末失也綏我眉壽叶殖酉反介以繁祉既

右音又烈考叶音口亦右文母叶滿彼反右尊也周禮所謂享右祭祀是也烈考猶皇

考也文母大姒也言文王昌厥後而安之以眉壽助之以多福使我得以右於烈考文母也

雝一章十六句周禮樂師及徹帥學士而歌徹說者以為即此詩論語亦曰以雍徹然則此蓋徹祭所歌而亦名為徹也

載見音現辟音壁王曰求厥章龍旂陽陽和鈴央央音秧鞗音條革有鶬音槍休有烈光賦也載則也發語辭也章法度也交龍曰旂陽明也軾前曰和旂上曰鈴央央有鶬皆聲和也休美也　此諸侯助祭於武王廟之詩先言其來朝稟受法度其車服之盛如此

率見昭考以孝以享叶虛良反　昭考武王也廟制太祖居中左昭右穆周廟文王當穆武王當昭故書稱穆考文王而此詩及訪落皆謂武王為昭考此乃言王率諸侯以祭武王廟也以介眉壽永言保之思皇多祜音戶烈文辟公綏以多福俾緝

熙于純嘏叶音古　思語辭皇大也美也又言孝享以介眉壽而受多福是皆諸侯助祭有以致之使我得繼而明之以至於純嘏也蓋歸德於諸侯之辭猶烈文之意也

載見一章十四句

有客有客亦白其馬叶滿補反有萋有且上聲敦音堆琢其旅賦也客微子也周既滅商封微子於宋以祀其先王而以客禮待之不敢臣也亦語辭也殷尚白修其禮物仍殷之舊也萋且未詳傳曰敬慎貌敦琢選擇也旅其卿大夫從行者也此微子來見祖廟之詩而此一節言其始至也

有客宿宿有客信信言授之縶音執以縶其馬一宿曰宿再宿曰信縶其馬愛之不欲其去也此一節言其將去也

薄言追之左右綏之既有淫

威降福孔夷追之已去而復還之受之無已也左右綏之言所以安而留之者無方也淫威未詳舊說淫大也統承先王用天子禮樂所謂淫威也夷易也大也此一節言其留之也

有客一章十二句

於音烏皇武王無競維烈允文文王克開厥後嗣武受之勝殷遏劉耆音指定爾功賦也於歎辭皇大遏止劉殺耆致也周公象武王之功為大武之樂言武王無競之功實文王開之而武王嗣而受之勝殷止殺以致定其功也

武一章七句春秋傳以此為大武之首章也大武周公象武王武功之舞歌此詩以奏之禮曰朱干玉戚冕而舞大武然傳以此詩為武王所作則篇內已有武王之謚而其說誤矣

臣工之什十篇十章一百六句

周頌閔予小子之什四之三

閔予小子遭家不造叶祖侯反嬛嬛音煢在疚音救於音烏乎音呼皇考叶祛侯反永世克孝叶呼侯反

賦也成王免喪始朝於先王之廟而作此詩也閔病也予小子成王自稱也造成也嬛與煢同無所依怙之意疚哀病也匡衡曰煢煢在疚言成王喪畢思慕意氣未能平也蓋所以就文武之業崇大化之本也

念茲皇祖陟降庭叶去聲止維予小子夙夜敬止

皇祖文王也承上文言武王之孝思念文王常若見其陟降於庭猶所謂見堯於牆見堯於羹也楚辭云三公揖讓登降堂只與此文勢正相似而匡衡引此句顏

注亦云若神明臨其朝廷是也於乎皇王繼序思不忘皇王兼指文武也承上文言我之所以夙夜敬止者思繼此序而不忘耳

閔予小子一章十一句此成王除喪朝廟所作疑後世遂以為嗣王朝廟之樂後三篇放此

訪予落止率時昭考於乎悠哉朕未有艾將予就之繼猶判渙維予小子未堪家多難去聲紹庭上下陟降厥家休矣皇考以保明其身賦也訪問落始悠遠也艾如夜未艾之艾判分渙散保安明顯也成王既朝於廟因作此詩以道延訪羣臣之意言我將謀之於始以循我昭考武王之道然而其道遠矣

予不能及也將使予勉强以就之而所以繼之者猶恐其判渙而不合也則亦繼其上下於庭陟降於家庶幾賴皇考之休有以保明吾身而已矣

訪落一章十二句說同上篇

敬之敬之天維顯思叶新夷反命不易去聲哉叶獎里反無曰高高在上陟降厥士日監在茲叶律之反

賦也顯明也思語辭也士事也成王受羣臣之戒而述其言曰敬之哉敬之哉天道甚明其命不易保也無謂其高而不吾察當知其聰明明畏常若陟降於吾之所為而無日不臨監於此者不可以不敬也

維予小子叶獎里反不聰敬止日就月將學有緝熙于光明叶謨郎反佛音弼時仔音茲肩示我

顯德行去聲叶戶郎反將進也佛弼通仔肩任也此乃自為荅之之言曰我不聰而未能敬也然願學焉庶幾日有所就月有所進續而明之以至於光明又賴羣臣輔助我所負荷之任而示我以顯明之德行則庶乎其可及爾

敬之一章十二句

予其懲而毖後患莫予荓音俜蜂自求辛螫音釋肇允彼桃蟲拚音翻飛維鳥未堪家多難去聲予又集于蓼音了

賦也懲有所傷而知戒也毖慎荓使也蜂小物而有毒肇始允信也桃蟲鷦鷯小鳥也拚飛貌鳥大鳥也鷦鷯之雛化而為鵰故古語曰鷦鷯生鵰言始小而終大也蓼辛苦之物也此亦訪落之意成王自言予何所懲而謹後患乎

荓蜂而得辛螫信桃蟲而不知其能為大鳥此其所當懲者蓋指管蔡之事也然我方幼沖未堪多難而又集于辛苦之地羣臣奈何捨我而弗助哉

小毖一章八句 蘇氏曰小毖者謹之於小也謹之於小則大患無由至矣

載芟載柞音窄叶疾各反其耕澤澤音釋叶徒洛反賦也除草曰芟除木曰柞秋官柞氏掌攻草木是也澤澤解散也千耦其耘徂隰徂畛音真耘去苗間草也隰為田之處也畛田畔也侯主侯伯侯亞侯旅侯彊侯以有嗿他感反其饁音曄思媚其婦有依其士有略其耜叶養里反俶載南畝叶滿委反主家長也伯長子也亞仲叔也旅衆子弟也彊民之有餘力而來助者遂人所謂以彊予任甿者也能左右

之曰以太宰所謂閒民轉移執事者若今時傭力之人隨主人所左右者也噲衆飲食聲也媚順依愛士夫也言餉婦與耕夫相慰勞也略利㑣始載事也

播厥百穀實函斯活叶呼酷反函含活生也既播之其實含氣而生也驛驛其達叶佗悅反有厭其傑驛驛苗生貌達出土也厭受氣足也傑先長者也厭厭其苗緜緜其麃表驕反緜緜詳密也麃耘也載穫濟濟上聲有實其積音清叶上聲萬億及秭為酒為醴烝畀祖妣以洽百禮濟濟人衆貌實積之實也積露積也有飶音苾其香邦家之光有椒其馨胡考之寧飶芬香也未詳何物胡壽也以燕享賓客則邦家之所以光也以共養耆老則胡考之所以安也匪且有且匪今斯今叶音經振古如茲無韻

未詳且此振極也言非獨此處有此稼穡之事非獨今時有今豐年之慶葢自極古以來已如此矣猶言自古有年也

載芟一章三十一句此詩未詳所用然辭意與豐年相似其用應亦不殊

畟畟音測良耜叶養里反俶音蓄載南畝叶滿委反賦也畟畟嚴利也播厥百穀實函斯活叶呼酷反說見前篇或來瞻女載筐及筥其饟式亮反伊黍或來瞻女婦子之來饁者也筐筥饟具也其笠伊糾叶其了反其鎛音博斯趙直了反以薅音高荼蓼糾然笠之輕舉也趙刺薅去也荼陸草蓼水草一物而有水陸之異也今南方人猶謂蓼為辣荼或用以毒溪取魚即所謂荼毒也荼蓼朽止黍稷茂叶莫口反止

毒草朽則土熟而苗盛穫之挃挃音窒積之栗栗其崇如墉其比去聲如櫛側瑟反以開百室挃挃穫聲也栗栗積之密也櫛理髮器言密也百室一族之人也五家為比五比為閭四閭為族族人輩作相助故同時入穀也百室盈止婦子寧止盈滿寧安也殺時犉音淳牡有捄音求其角叶盧谷反以似以續續古之人黄牛黑脣曰犉捄曲貌續謂續先祖以奉祭祀

良耜一章二十三句或疑思文臣工噫嘻豐年載芟良耜等篇即所謂豳頌者其詳見於豳風及大田篇之末亦未知其是否也

絲衣其紑孚浮反載弁俅俅音求自堂徂基自羊徂牛鼐音奈

鼎及鼒 叶津之反 兕觵其觩 音求 旨酒思柔不吳 音話 不敖 音傲 胡考之休 賦也絲衣祭服也紑潔貌載戴也弁爵弁也士祭於王之服俅俅恭順貌基門塾之基鼐大鼎鼒小鼎也思語辭柔和也吳譁也 此亦祭而飲酒之詩言此服絲衣爵弁之人升門堂視壺濯籩豆之屬降往於基告濯具又視牲從羊至牛反告充已乃舉鼎鼏告潔禮之次也又能謹其威儀不諠譁不怠傲故能得壽考之福

絲衣一章九句 此詩或紑俅牛觩柔休並叶基韻或基鼒並叶紑韻

於 音烏 鑠 音爍 王師遵養時晦時純熙矣是用大介我龍受之蹻蹻 音矯 王之造 叶祖候反 載用有嗣 叶音祠 實維爾公允師

賦也於歎辭鑠盛遵循熙光介甲也所謂一戎衣也龍寵也蹻蹻武貌造為載則公事允信也此亦頌武王之詩言其初有於鑠之師而不用退自循養與時皆晦既純光矣然後一戎衣而天下大定後人於是寵而受此蹻蹻然王者之功其所以嗣之者亦惟武王之事是師爾

酌一章八句

酌即勺也内則十三舞勺即以此詩為節而舞也然此詩與賚般皆不用詩中字名篇疑取樂節之名如曰武宿夜云爾

綏萬邦屢音慮豐年天命匪解音懈桓桓武王保有厥士于以四方克定厥家於音烏昭于天皇以閒之

賦也綏安也桓桓武貌大軍之後必有凶年而武王克商則除害以安天下故屢豐年之祥傳所謂周饑克殷而年豐是也然天命之

於周久而不厭也故此桓桓之武王保有其士而用之於四方以定其家其德上昭于天也間字之義未詳傳曰間代也言君天下以代商也此亦頌武王之功

桓一章九句 春秋傳以此為大武之六章則今之篇次蓋已失其舊矣又篇內已有武王之謚則其謂武王時作者亦誤矣序以為講武類禡之詩豈後世取其義而用之於其事也歟

文王既勤止我應受之敷時繹思我徂維求定時周之命於繹思 賦也應當也敷布時是也繹尋繹也於歎辭繹思尋繹而思念也 此頌文武之功而言其大封功臣之意也言文王之勤勞天下至矣其子孫受而有之然而不敢專也布此文王功德之在人而可繹思者以賚有功而往求天下之安定又以為凡此皆周之命而非復商之舊矣遂歎美之而欲諸臣受封賞

者繹思文王之德而不忘也

賚一章六句春秋傳以此為大武之三章而序以為大封於廟之詩說同上篇

於音烏皇時周陟其高山嶞音惰山喬嶽允猶翕音吸河敷天之下裒音抔時之對時周之命賦也高山泛言山耳嶞則其狹而長者喬高也嶽則其高而大者允猶未詳或曰允信也猶與由同翕河河善泛溢今得其性故翕而不為暴也裒聚也對答也言美哉此周也其巡守而登此山以柴望又道於河以周四嶽凡以敷天之下莫不有望於我故聚而朝之方嶽之下以答其意耳

般一章七句般義未詳

閔予小子之什十一篇一百三十六句

魯頌四之四

魯少皥之墟在禹貢徐州蒙羽之野成王以封周公長子伯禽今襲慶東平府沂密海等州即其地也成王以周公有大勳勞於天下故賜伯禽以天子之禮樂魯於是乎有頌以為廟樂其後又自作詩以美其君亦謂之頌舊說皆以為伯禽十九世孫僖公申之詩今無所考獨閟宮一篇為僖公之詩無疑耳夫以其詩之僭如此然夫子猶錄之者蓋其體固列國之風而所歌者乃當時之事則猶未純於天子之頌若其所歌之事又皆有先王禮樂教化之遺意焉則其文疑若猶可予也況夫子魯人亦安得而削之哉然因其實而著之而其是非得失自有不可揜者亦春秋之法也或曰魯之無風何也先儒以為時王褒周公之後比於先代故巡守不陳其詩而其

篇序不列於大師之職是以宋魯無風其或然歟或謂夫子有所諱而削之則左氏所記當時列國大夫賦詩及吳季子觀周樂皆無曰魯風者其說不得通矣

駉駉音扃牡馬叶滿補反在坰音扃之野叶上與反薄言駉者叶章與反有驈音聿有皇有驪音離有黃以車彭彭叶補郎反思無疆思馬斯臧

賦也駉駉腹幹肥張貌邑外謂之郊郊外謂之牧牧外謂之野野外謂之林林外謂之坰驪馬白跨曰驈黃白曰皇純黑曰驪黃騂曰黃彭彭盛貌思無疆言其思之深廣無窮也臧善也　此詩言僖公牧馬之盛由其立心之遠故美之曰思無疆則思馬斯臧矣衛文公秉心塞淵而騋牝三千亦此意也

駉駉牡馬在坰之野薄言駉者有騅音隹有駓音丕有騂有騏以車

伾伾思無期思馬斯才叶前西反賦也倉白雜毛曰騅黃白雜毛曰駓赤黃曰騂青黑曰騏伾伾有力也無期猶無疆也才材力也

駉駉牡馬在坰之野薄言駉者有驒音馱有駱有駵音留有雒以車繹繹叶弋灼反思無斁叶弋灼反思馬斯作賦也青驪驎曰驒色有深淺斑駁如魚鱗今之連錢驄也白馬黑鬛曰駱赤身黑鬛曰駵黑身白鬛曰雒繹繹不絕貌斁厭也作奮起也

駉駉牡馬在坰之野薄言駉者有駰音因有騢音遐叶洪孫反有驔音簟有魚以車祛祛音區思無邪叶祥余反思馬斯徂賦也陰白雜毛曰駰陰淺黑色今泥驄也彤白雜毛曰騢豪骭曰驔毫在骭而白也二目白曰魚似魚目也祛祛彊健也徂行也孔子曰詩三百一言以蔽之曰思無邪蓋詩之言

美惡不同或勸或懲皆有以使人得其情性之正然其明白簡切通於上下未有若此言者故特稱之以為可當三百篇之義以其要為不過乎此也學者誠能深味其言而審於念慮之閒必使無所思而不出於正則日用云為莫非天理之流行矣蘇氏曰昔之為詩者未必知此也孔子讀詩至此而有合於其心焉是以取之蓋斷章云爾

駉四章章八句

有駜音邲有駜駜彼乘去聲黃夙夜在公在公明明叶謨郎反振振鷺鷺于下叶後五反鼓咽咽音淵醉言舞于胥樂音洛兮興也駜馬肥強貌明明辨治也振振羣飛貌鷺鷺羽舞者所持或坐或伏如鷺之下也咽與淵同鼓聲之深長也或曰鷺

亦興也胥相也醉而起舞以相樂也此燕飲而頌禱之辭也

有駜有駜駜彼乘牡夙夜在公在公飲酒振振鷺鷺于飛鼓咽咽醉言歸于胥樂兮[興也鷺于飛舞者振作鷺羽如飛也]

有駜有駜駜彼乘駽[音絢]夙夜在公在公載燕自今以始歲其有[叶羽已反]君子有穀詒孫子[叶獎里反]于胥樂兮[興也青驪曰駽今鐵驄也載則也有有年也穀善也或曰祿也詒遺也頌禱之辭也]

有駜三章章九句

思樂[音洛]泮[音判]水薄采其芹[音勤]魯侯戾止言觀其旂[叶其斤反]

其旂茷茷音旆鸞聲嚖嚖音嚖無小無大從公于邁賦其事以起興也思發語辭也泮水泮宮之水也諸侯之學鄉射之宮謂之泮宮其東西南方有水形如半壁以其半於辟廱故曰泮水而宮亦以名也芹水菜也戾至也茷茷飛揚也嚖嚖和也此飲於泮宮而頌禱之辭也

思樂泮水薄采其藻魯侯戾止其馬蹻蹻其馬蹻蹻其音昭昭叶之繞反載色載笑匪怒伊教賦其事以起興也蹻蹻盛貌色和顏色也

思樂泮水薄采其茆叶謨九反魯侯戾止在泮飲酒既飲旨酒永錫難老叶魯吼反順彼長道叶徒吼反屈此羣醜賦其事以起興也茆鳧葵也葉大如手赤圓而滑江南人謂之蓴菜者也長道猶大道也屈服醜衆也此章以下皆頌禱之辭也

穆穆魯侯敬明其德敬慎威儀維民之則允文允武昭假音格烈祖靡有不孝自求伊祜音戶賦也昭明也假與格同烈祖周公魯公也

明明魯侯克明其德既作泮宮淮夷攸服叶蒲北反

矯矯虎臣在泮獻馘音號叶況壁反淑問如臯陶叶夷周反在泮獻囚賦也矯矯武貌馘所格者之左耳也淑善也問訊囚也囚所虜獲者蓋古者出兵受成於學及其反也釋奠於學而以訊馘告故詩人因魯侯在泮而願其有是功也

濟濟上聲多士克廣德心桓桓于征狄音剔彼東南叶尼心反烝烝皇皇不吳音話不揚不告于訩音凶在泮獻功賦也廣推而大之也德心善意也狄猶逷也東南謂淮夷也烝

烝皇皇盛也不吳不揚肅也不告于訩師克而和不爭功也角弓其觩束矢其搜戎車孔博徒御無斁叶弋灼反既克淮夷孔淑不逆叶宜脚反式固爾猶淮夷卒獲叶黃郭反賦也觩弓健貌五十矢為束或曰百矢也搜矢疾聲也博廣大也無斁言競勸也逆違命也蓋能審固其謀猶則淮夷終無不獲矣翩彼飛鴞音梟集于泮林食我桑黮音甚懷我好音憬音耿彼淮夷來獻其琛敕金反元龜象齒大賂南金興也鴞惡聲之鳥也黮桑實也憬覺悟也琛寶也元龜尺二寸賂遺也南金荆揚之金也此章前四句興後四句如行葦首章之例也

泮水八章章八句

閟(音秘)宮有侐(音洫)實實枚枚赫赫姜嫄(音元)其德不回上帝是依(叶音隈)無災無害彌月不遲(叶陳回反)是生后稷降之百福(叶筆力反)黍稷重(平聲)穋(音六叶六直反)稙(音陟)穉菽麥(叶訖力反)奄有下國(叶于逼反)俾民稼穡有稷有黍有稻有秬(音巨)奄有下土纘禹之緒(音序)

賦也閟深閉也宮廟也侐清靜也實實鞏固也枚枚礱密也時蓋修之故詩人歌詠其事以為頌禱之辭而推本后稷之生而下及於僖公耳回邪也依猶眷顧也說見生民篇先種曰稙後種曰穉奄有下國封於邰也緒業也禹治洪水既平后稷乃播種百穀

后稷之孫實維大(音泰)王居岐之陽實始翦商至于文武纘大王之緒致天之

屆于牧之野(叶上與反)無貳無虞上帝臨女(音汝)敦(音堆)商之旅克咸厥功(叶居古反)王曰叔父建爾元子(叶子古反)俾侯于魯大啟爾宇為周室輔(賦也翦斷也大王自豳徙居岐陽四方之民咸歸往之於是而王迹始著蓋有翦商之漸矣居極也猶言窮極也虞慮也無貳無虞上帝臨女猶大明云上帝臨女無貳爾心也敦治之也咸同也言輔佐之臣同有其功而周公亦與焉也王成王也叔父周公也元子魯公伯禽也啟開宇居也)

乃命魯公俾侯于東錫之山川土田附庸周公之孫莊公之子(叶奬里反)龍旂承祀(叶養里反)六轡耳耳春秋匪解(音懈叶訖力反)享祀不忒皇皇后帝皇祖后稷享以騂犧(虛宜虛何二反)

是饗是宜牛奇牛多二反降福既多章移當何二反周公皇祖亦其福女音汝

賦也附庸猶屬城也小國不能自達於天子而附於大國也上章既告周公以封伯禽之意此乃言其命魯公而封之也莊公之子其一閔公其一僖公知此是僖公者閔公在位不久未有可頌此必是僖公也耳耳柔從也春秋錯舉四時也忒過差也成王以周公有大功於王室故命魯公以夏正孟春郊祀上帝配以后稷牲用騂牡皇祖謂羣公此章以後皆言僖公致敬郊廟而神降之福國人稱願之如此也

秋而載嘗夏而楅衡叶戶郎反白牡騂剛犧尊將將音搶毛炰音庖胾音恣羹叶盧當反籩豆大房萬舞洋洋孝孫有慶叶袪羊反俾爾熾而昌俾爾壽而臧保彼東方魯邦是常不虧不崩不

震不騰三壽作朋如岡如陵賦也嘗秋祭名福衡施於牛角所以止觸也周禮封人云凡祭飾其牛牲設其福衡是也秋將嘗而夏福衡其牛言夙戒也白牡周公之牲也騂剛魯公之牲也白牡殷牲也周公有王禮故不敢與文武同魯公則無所嫌故用騂剛犧尊畫牛於尊腹也或曰尊作牛形鑿其背以受酒也毛炰周禮封人祭祀有毛炰之豚注云爓去其毛而炰之也胾切肉也羹大羹鉶羹也大羹大古之羹湆煮肉汁不和盛之以登貴其質也鉶羹肉汁之有菜和者也盛之鉶器故曰鉶羹大房半體之俎足下有跗如堂房也萬舞名震騰驚動也三壽未詳鄭氏曰三卿也或曰願公壽與岡陵等而為三也

公車千乘去聲叶神陵反朱英綠縢音滕二矛重平聲弓叶姑弘反公徒三萬貝冑朱綅音纖叶息稜反烝徒增增戎狄是膺荊舒是懲則

莫我敢承俾爾昌而熾俾爾壽而富叶方未反黃髮台背叶蒲寐反壽胥與試俾爾昌而大叶特計反俾爾耆而艾叶五計反萬有千歲眉壽無有害叶暇憩反

賦也千乘大國之賦也成方十里出革車一乘甲士三人左持弓右持矛中人御步卒七十二人將重車者二十五人千乘之地則三百十六里有奇也朱英所以飾矛緑縢所以約弓也二矛夷矛酋矛也重弓備折壞也徒步卒也三萬舉成數也車千乘法當用十萬人而為步卒者七萬二千人然大國之賦適滿千乘苟盡用之是舉國而行也故其用之大國三軍而已三軍謂車三百七十五乘三萬七千五百人其為步卒不過二萬七千人舉其中而以成數言故曰三萬也貝胄貝飾胄也朱綅所以綴也增增衆也戎西戎狄北狄膺當也荊楚之别號舒其與國也懲艾承禦也僖公嘗從齊桓公伐楚故

以此美之而祝其昌大壽考也壽胥與試之義未詳王氏曰壽考者相與為公用也蘇氏曰願其壽而相與試其才力以為用也

泰山巖巖叶魚咸反魯邦所詹奄有龜蒙遂荒大東至于海邦叶卜工反淮夷來同莫不率從魯侯之功賦也泰山魯之望也詹與瞻同龜蒙二山名荒奄也大東極東也海邦近海之國也

保有鳧繹叶弋灼反遂荒徐宅叶達各反至于海邦淮夷蠻貊叶莫博反及彼南夷莫不率從莫敢不諾魯侯是若賦也鳧繹二山名宅居也謂徐國也諾應辭若順也泰山龜蒙鳧繹魯之所有其餘則國之東南勢相連屬可以服從之國也

天錫公純嘏叶果五反眉壽保魯居常與許復周公之宇魯侯燕喜令

妻壽母叶滿委反宜大夫庶士邦國是有叶羽已反既多受祉黃髮兒齒

賦也常或作嘗在薛之旁許許田也魯朝宿之邑也皆魯之故地見侵於諸侯而未復者故魯人以是願僖公也令妻令善之妻聲姜也壽母壽考之母成風也閔公八歲被弑必是未娶其母叔姜亦應未老此言令妻壽母又可見公爲僖公無疑也有常有也兒齒齒落更生細者亦壽徵也

徂來之松新甫之柏叶逋莫反是斷音短是度入聲是尋是尺叶尺約反松桷音角有舄叶七約反路寢孔碩叶常約反新廟奕奕叶弋灼反奚斯所作孔曼音萬且碩同上萬民是若

賦也徂來新甫二山名八尺曰尋舄大貌路寢正寢也新廟僖公所修之廟奚斯公子魚也作者教護屬功課章程也曼長碩大也萬民是若順萬民之望也

閟宫九章五章章十七句內第四章脫一句二章章八句二章章十句舊說八章二章章十七句一章十二句一章三十八句二章章八句二章章十句多寡不均雜亂無次蓋不知第四章有脫句而然今正其誤

魯頌四篇二十四章二百四十三句

商頌四之五

契為舜司徒而封於商傳十四世而湯有天下其後三宗迭興及紂無道為武王所滅封其庶兄微子啟於宋修其禮樂以奉商後其地在禹貢徐州泗濱西及豫州盟豬之野其後政衰商之禮樂日以放失七世至戴公時大夫正考甫得商頌十二篇於周大師歸以祀其先王至孔子編詩而又亡其七篇然其存者亦多闕文疑義今不敢強通也商都亳宋都商丘皆在

令應天府亳州界

猗音醫與音余那與置我鞉音桃鼓奏鼓簡簡衎我烈祖賦也猗歎辭那多置陳也簡簡和大也衎樂也烈祖湯也記曰商人尚聲臭味未成滌蕩其聲樂三闋然後出迎牲即此是也舊説以此為祀成湯之樂也

湯孫奏假綏我思成鞉鼓淵淵叶於巾反嘒嘒管聲既和且平依我磬聲於音烏赫湯孫叶思倫反穆穆厥聲湯孫主祀之時王也假與格同言奏樂以格於祖考也綏安也思成未詳鄭氏曰安我以所思而成之人謂神明來格也禮記曰齊之日思其居處思其笑語思其志意思其所樂思其所嗜齊三日乃見其所為齊者祭之日入室僾然必有見乎其位周旋出戶肅然必有聞乎其容聲出戶而聽愾然必有聞乎其歎息之

聲此之謂思成蘇氏曰其所見聞本非有也生於思耳此二説近是蓋齊而思之祭而如有見聞則成此人矣鄭注頗有脱誤今正之淵淵深遠也嘒嘒清亮也磬玉磬也堂上升歌之樂非石磬也穆穆美也

庸鼓有斁萬舞有奕我有嘉客亦不夷懌庸鏞通斁斁然盛也奕奕然有次序也蓋上文言鞉鼓管籥作於堂下其聲依堂上之玉磬無相奪倫者至於此則九獻之後鐘鼓交作萬舞陳於庭而祀事畢矣嘉客先代之後來助祭者也夷悦也亦不夷懌者言皆悦懌也

自古在昔先民有作温恭朝夕執事有恪恪敬也言恭敬之道古人所行不可忘也閔馬父曰先聖王之傳恭猶不敢專稱曰自古古曰在昔昔曰先民

顧予烝嘗湯孫之將將奉也言湯其尚顧我烝嘗哉此湯孫之所奉者致其丁寧之意庶幾其顧之也

那一章二十二句

閔馬父曰正考甫校商之名頌以那為首其輯之亂曰云云即此詩也

嗟嗟烈祖有秩斯祜音戶申錫無疆及爾斯所賦也烈祖湯也秩常申重也爾主祭之君蓋自歌者指之也斯所猶言此處也此亦祀成湯之樂言嗟嗟烈祖有秩秩無窮之福可以申錫於無疆是以及於爾今王之所而修其祭祀如下所云也既載清酤叶侯五反賚我思成叶音常亦有和羹叶音郎既戒既平叶音旁鬷音奏假音假無言叶音昂時靡有爭叶音章綏我眉壽黃耇無疆酤酒賚與也思成義見上篇和羹味之調節也戒夙戒也平猶和也儀禮於祭祀燕享之始每言羹定蓋以羹熟為節然後行禮定

戒平之謂也鬷中庸作奏正與上篇義同蓋古聲奏族相近族聲轉平而為鬷耳無言無爭肅敬而齊一也言其載清酤而既與我以思成矣及進和羹而肅敬之至則又安我以眉壽黃耇之福也約軧音祈錯衡叶戶郎反八鸞鶬鶬音槍以假音格以享叶虛良反我受命溥將自天降康豐年穰穰來假來饗叶虛良反降福無疆約軧錯衡八鸞見采芑篇鶬見載見篇言助祭之諸侯乘是車以假以享於祖宗之廟也溥廣將大也穰穰多也言我受命既廣大而天降以豐年黍稷之多使得以祭也假之而祖考來假享之而祖考來饗則降福無疆矣顧予烝嘗湯孫之將說見前篇

烈祖一章二十二句

天命玄鳥降而生商宅殷土芒芒古帝命武湯正域彼四方賦也玄鳥鳦也春分玄鳥降高辛氏之妃有娀氏女簡狄祈於郊禖鳦遺卵簡狄吞之而生契其後世遂為有商氏以有天下事見史記宅居也殷地名芒芒大貌古猶昔也帝上帝也武湯以其有武德號之也正治也域封境也此亦祭祀宗廟之樂而追敘商人之所由生以及其有天下之初也方命厥后奄有九有叶羽已反商之先后受命不殆叶養里反在武丁孫子叶獎里反方命厥后四方諸侯無不受命也九有九州也武丁高宗也言商之先后受天命不危殆故今武丁孫子猶賴其福武丁孫子武王靡不勝音升龍旂十乘大糦音熾是承武王湯號而其後世亦以自稱也龍旂諸侯所建交龍之旂也大糦黍稷也承奉也言武丁孫子

令襲湯號者其武無所不勝於是諸侯無不奉黍稷以來助祭也邦畿千里維民所止止居肇開也言王畿之内民之所止不過千里而其封域則極乎四海之廣也肇域彼四海叶虎洧反四海來假音格來假祈祈景員維河殷受命咸宜叶牛何反百祿是何音荷叶如字假與格同祈祈衆多貌景員維河之義未詳或曰景山名商所都也見殷武卒章春秋傳亦曰商湯有景亳之命是也員與下篇幅隕義同蓋言周也河大河也言景山四周皆大河也何任也春秋傳作荷

玄鳥一章二十二句

濬哲維商長發其祥洪水芒芒禹敷下土方外大國是

濬哲維商長發其祥洪水芒芒禹敷下土方外大國是疆幅隕音員既長有娀音崧方將帝立子生商賦也濬深哲知長久也方

四方也外大國遠諸侯也幅猶言邊幅也隕讀作員謂周也有娀契之母家也將大也　言商世世有濬哲之君其受命之祥發見也久矣方禹治洪水以外大國為中國之竟而幅員廣大之時有娀氏始大故帝立其女之子而造商室也蓋契於是時始為舜司徒掌布五教於四方而商之受命實基於此

玄王桓撥叶必烈反受小國是達叶他悅反受大國是達率履不越遂視既發叶方月反相土烈烈海外有截賦也玄王契也玄者深微之稱或曰以玄鳥降而生也王者追尊之號桓武撥治達通也受小國大國無所不達言其無所不宜也率循履禮越過發應也言契能循禮不過越遂視其民則既發以應之矣相土契之孫也截整齊也至是而商益大四方諸侯歸之截然

整齊矣其後湯以七十里起豈嘗中衰也與帝命不違至于湯齊湯降不遲聖敬日躋音賷昭假遲遲上帝是祇帝命式于九圍賦也湯齊之義未詳蘇氏曰至湯而王業成與天命會也降猶生也遲遲久也祇敬式法也九圍九州也商之先祖既有明德天命未嘗去之以至於湯湯之生也應期而降適當其時其聖敬又日躋以至昭假于天久而不息惟上帝是敬故帝命之使為法於九州也受小球音求大球為下國綴音贅旒音流何音賀天之休不競不絿音求不剛不柔敷政優優百祿是遒音囚賦也小球大球之義未詳或曰小國大國所贄之玉也鄭氏曰小球鎮圭尺有二寸大球大圭三尺也皆天子之所執也下國諸侯也綴猶結也旒旗之垂者也言為天子而為諸侯所係屬如旗之

緌為旒所綴著也何荷競强絿緩也優優寬裕之意遒聚也

受小共音恭叶居勇反大共為下國駿音峻厖音忙叶莫孔反何天之龍叶丑勇反敷奏其勇不震不動叶德總反不戁音赧不竦音聳百祿是總賦也小共大共駿厖之義未詳或曰小國大國所共之貢也鄭氏曰共執也猶小球大球也蘇氏曰共珙通合珙之玉也傳曰駿大也厖厚也董氏曰齊詩作駿駹謂馬也龍寵也敷奏其勇猶言大進其武功也戁恐竦懼也

武王載旆有虔秉鉞音越如火烈烈則莫我敢曷音遏叶何竭反苞有三蘖叶五竭反莫遂莫達叶他悅反九有有截韋顧既伐叶房越反昆吾夏桀賦也武王湯也虔敬也言恭行天討也曷遏通或曰曷誰何也苞本也蘖旁生萌蘖也言一本生三蘖也本則

夏桀蘖則韋也顧也昆吾也皆桀之黨也鄭氏曰韋彭姓顧昆吾已姓言湯既受命載旆秉鉞以征不義桀與三蘖皆不能遂其惡而天下截然歸商矣初伐韋次伐顧次伐昆吾乃伐夏桀當時用師之序如此

昔在中葉有震且業允也天子叶奬里反降于卿士實維阿衡叶戶郎反實左音佐右音又商王賦也葉世震懼業危也承上文而言昔在則前乎此矣豈謂湯之前世中衰時與允也天子指湯也降言天賜之也卿士則伊尹也言至於湯得伊尹而有天下也阿衡伊尹官號也

長發七章一章八句四章章七句一章九句一章六句序以此為大禘之詩蓋祭其祖之所出而以其祖配也蘇氏曰大禘之祭所及者遠故其

詩歷言商之先后又及其卿士伊尹蓋與祭於禘者也商書曰茲予大享于先王爾祖其從與享之是禮也豈其起於商之世歟今按大禘不及羣廟之主此宜為祫祭之詩然經無明文不可考也

撻彼殷武奮伐荊楚罙面規反入其阻裒音抔荊之旅有截其所湯孫之緒音序

賦也撻疾貌殷武殷王之武也罙冒裒聚湯孫謂高宗　舊說以此為祀高宗之樂蓋自盤庚沒而殷道衰楚人叛之高宗撻然用武以伐其國入其險阻以致其衆盡平其地使截然齊一皆高宗之功也易曰高宗伐鬼方三年克之蓋謂此歟

維女音汝荊楚居國南鄉昔有成湯自彼氐音堤羌莫敢不來享叶虛良反莫敢不來王曰商是常

賦也氐羌夷狄國在西方享獻也世見曰王　蘇氏曰既克之則告之曰爾雖遠亦

居吾國之南耳昔成湯之世雖氐羌之遠猶莫敢不來朝曰此商之常禮也況汝荆楚曷敢不至哉

天命多辟音璧設都于禹之績歲事來辟勿予禍適音謫稼穡匪解音懈叶訖力反

賦也多辟諸侯也來辟來王也適謫通 言天命諸侯各建都邑於禹所治之地而皆以歲事來至於商以祈王之不譴曰我之稼穡不敢解也庶可以免咎矣言荆楚既平而諸侯畏服也

天命降監下與濫叶下民有嚴叶渕剛反不僭不濫不敢怠遑命于下國叶越逼反封建厥福叶筆力反

賦也監視嚴威也僭賞之差也濫刑之過也遑暇封大也 言天命降監不在乎他皆在民之視聽則下民亦有嚴矣惟賞不僭刑不濫而不敢怠遑則天命之以天下而大建其福此高宗所以受命而中興也

商邑翼翼四方之極赫

赫厥聲濯濯厥靈壽考且寧以保我後生叶桑經反賦也商邑王
都也翼翼整勑貌極表也赫赫顯盛也濯濯光明也言
高宗中興之盛如此壽考且寧云者蓋高宗之享國五
十有九年我後生謂後嗣子孫也陟彼景山叶所旃反松柏丸丸叶胡員反是
斷音短是遷方斲音卓是虔松桷音角有梴五連反旅楹有閑叶胡田反
寢成孔安叶於連反賦也景山名商所都也丸丸直也遷徙方正也虔亦截也梴長貌旅衆
也閑閑然而大也寢廟中之寢也安所以安高宗之神
也此蓋特為百世不遷之廟不在三昭三穆之數既成
始祔而祭之之詩也然此章與閟
宮之卒章文意略同未詳何謂

殷武六章三章章六句一章章五句二章章七句

詩經集傳卷八

總校官編修臣朱鈴

校對官編修臣邱庭漋

謄錄監生臣朱慶貴

圖書在版編目（CIP）數據

詩經經典 ： 全五册 / （宋） 歐陽修等撰. -- 瀋陽 ：
萬卷出版有限責任公司, 2024. 11. -- ISBN 978-7-5470
-6623-2

Ⅰ. I207.222

中國國家版本館CIP數據核字第2024HS2197號

出版發行：北方聯合出版傳媒（集團）股份有限公司
萬卷出版有限責任公司
（地址：沈陽市和平區十一緯路29號　郵編：110003）
印 刷 者：天津中印聯印務有限公司
經 銷 者：全國新華書店
幅面尺寸：175mm × 270mm
字　　數：344千字
印　　張：128
出版時間：2024年11月第1版
印刷時間：2024年11月第1次印刷
責任編輯：張洋洋
責任校對：張　瑩
裝幀設計：李保忠
ISBN 978-7-5470-6623-2
定　　價：560.00元（全五册）
聯繫電話：024-23284090
傳　　真：024-23284448
